16	3	2	13
5	10	11	8
9	6	7	12
4	15	14	1

Connie Palmen

AS LEIS
Romance

Tradução do original holandês
Paula M. Bennink

editora█34

EDITORA 34

Editora 34 Ltda.
Rua Hungria, 592 Jardim Europa CEP 01455-000
São Paulo - SP Brasil Tel/Fax (011) 816-6777

Copyright © Editora 34 Ltda., 1997
De wetten © Connie Palmen/Prometheus Uitgeverij, Amsterdam, 1991,
c/o A.C.E.R. Agencia Literaria, Madrid, 1996

A FOTOCÓPIA DE QUALQUER FOLHA DESTE LIVRO É ILEGAL, E CONFIGURA UMA
APROPRIAÇÃO INDEVIDA DOS DIREITOS INTELECTUAIS E PATRIMONIAIS DO AUTOR.

Título original:
De wetten

Capa, projeto gráfico e editoração eletrônica:
Bracher & Malta Produção Gráfica

Revisão:
Gilson César C. de Souza

1ª Edição - 1997

Catalogação na Fonte do Departamento Nacional do Livro
(Fundação Biblioteca Nacional, RJ, Brasil)

Palmen, Connie, 1955-
P171   As leis: romance / Connie Palmen; tradução do
original holandês de Paula M. Bennink. — São Paulo:
Ed. 34, 1997
192 p.

Tradução de: *De wetten*

ISBN 85-7326-073-4

1. Ficção holandesa. I. Bennink, Paula M. II. Título.

CDD - 839.313

AS LEIS

1. O astrólogo 7
2. O epiléptico 35
3. O filósofo 63
4. O padre 93
5. O físico 119
6. O artista 143
7. O psiquiatra 171

"Quando eu cair chorarei de felicidade."
Samuel Beckett

1.
O ASTRÓLOGO

Foi no verão de 1980 que encontrei o astrólogo pela primeira vez. Era uma sexta-feira, 13. Essas coisas só percebo mais tarde. Uma sexta-feira 13 pode transcorrer como outro dia qualquer, mas quando nela acontece mais do que normalmente se espera, parece, na verdade, haver uma ligação secreta entre o nome e o número, e, se você não quiser dar ouvidos aos sinais do destino, a culpa será só sua.

Desde o início do meu curso na faculdade eu trabalhava toda sexta-feira numa moderna loja de livros antigos, no Pijp[1]. Era um lugar calmo e eu podia ler um livro ou folhear o jornal à vontade. Nunca leio jornais, apenas os folheio. A manchete basta como notícia, o conteúdo dela está sempre ultrapassado e é bem conhecido.

Geralmente escrevia cartas a um ou outro velho amigo. Era o que estava fazendo naquele momento.

Era um dia quente. A estante dos jornais estava do lado de fora, a porta aberta. Alguém entrara sem que eu ouvisse; era um homem pequeno, atarracado, com barba, usando aquele tipo de óculos com lentes pela metade. Incomodou-me o fato de não saber se ele já estava me olhando há algum tempo, a cabeça inclinada, e o olhar perscrutando-me por sobre as bordas das lentes, mostrando grande parte do branco dos olhos, que é tão horroroso de se ver.

Não preciso ver tanto do branco dos olhos de ninguém.

Pela intensidade da minha irritação percebi, pela primeira vez naquele dia, que eu estava de mau humor e, na verdade, sem vontade de ver ninguém. Tranqüilidade, boca fechada, silêncio.

---

[1] Pequeno quarteirão no centro de Amsterdam. (N. da T.)

As Leis

Cumprimentei-o amigavelmente, e voltei à minha carta. Tinha de evitar que a frase na minha cabeça se transformasse numa ladainha monótona. Se eu continuasse a repetir "Pára de me encarar desse jeito, seu imbecil", eu seria a única prejudicada, porque consigo instigar minhas emoções sem que ninguém se dê conta disso.

Reli as últimas frases da minha carta. Sem deixar uma linha em branco continuei: "De repente, tem um asno parado no meio da loja. Você me conhece e sabe que não sei lidar com animais. Que faço com um asno?".

Isso ajudou.

Ele passeou pela loja. Tinha uma maneira estranha de andar, que era mais um arrastar de pés. Quando já se tem alguma experiência em atendimento em loja, aprende-se a ficar de olho nas pessoas sem que elas se sintam controladas. Você os mantém como uma sombra num dos cantos dos olhos e logo aprende a reconhecer movimentos suspeitos.

Roubo seria a última coisa que eu esperaria dele. Todo aquele andar hesitante e tortuoso era mais o de um animal tímido do que o de alguém se preparando para dar o golpe. Ele mal dava atenção aos livros. Quando parava diante de uma prateleira ou mesa, eu sentia que ele me olhava de uma maneira penetrante e interrogativa, como se tentasse relembrar se já me havia visto alguma vez.

Tenho boa memória para rostos. Nunca o tinha visto antes.

A melhor maneira de enfrentar um inimigo, quando você suspeita de perigo, é olhá-lo diretamente nos olhos. Se você desvia o olhar daquilo de que tem medo, este medo se potencializa e também permanece por muito mais tempo que o necessário. É algo que se evita por natureza. É como andar de motocicleta. Na garupa você tem a tendência de jogar o corpo na inclinação contrária à curva, mantendo-o o mais afastado possível do asfalto. Mas deve-se justamente acompanhar a inclinação da curva com o corpo, quase arranhando o chão com a ponta do nariz. Você deve fazer aquilo que lhe dá medo, porque é o mais seguro.

Ergui os olhos, encarei-o diretamente e perguntei se poderia ajudá-lo. A pergunta o desnorteou. Inesperadamente seu corpo se agitou muito e ele sacudiu a cabeça com veemência.

— Oh, não, não — foi a resposta, como se estivesse sem fôlego.

É penoso testemunhar tamanha timidez, por isso sorri para colocá-lo mais à vontade. Calma, calma, camarada.

Pessoas nervosas podem tornar-se muito agressivas de uma hora para a outra.

Eu queria continuar a carta.

— Bem, talvez — gaguejou ele.

Há algumas semanas, passeando pelo bairro ele havia visto, na vitrine de alguma livraria — não tinha muita certeza, mas achou que fosse esta, de qualquer maneira era no Pijp —, um livro sobre Vincent Van Gogh. Era o que estava procurando. Não que gostasse de Van Gogh, muito ao contrário; na verdade, justamente por não entender por que não gostava de Van Gogh é que queria ler o livro.

Ele falava apressado, mas muito suavemente. Era um resmungo abafado e com um sotaque que eu não consegui identificar. Mas isso quase nunca consigo.

— Se o tivermos, deve estar ali — respondi, e apontei para o armário à esquerda da mesa onde eu estava sentada.

— Ah, sim — disse ele, olhando obedientemente na direção apontada; lançou-me mais alguns olhares interrogativos e ficou parado, hesitante.

O que queria ele? Sua história soava estranha; na verdade, qualquer um pode travar uma discussão sem fim sobre Vincent Van Gogh, seus prós e contras, mas, na verdade, eu não estava com vontade de discutir.

Passou diante de minha mesa com as costas encurvadas. Senti um cheiro enjoativo. Estava agora a um metro de distância de mim, com o rosto virado para a prateleira dos livros de arte.

As Leis

— Sagitário-Escorpião — disse.
Correto.

Era esse o seu costume. No primeiro instante, confrontava-se com um paredão de resistência, como se ele tivesse algo de errado, algo de estranho — não, pior ainda, algo de repulsivo. No entanto, ele não era cego. Ele via tudo isso. Via-o nos olhos dos outros, nas contrações de suas fisionomias, nos músculos ao redor de suas bocas: tudo indicava rejeição. No momento em que lhes dizia o que eram, toda a atitude deles mudava. Seria de estranhar se algo não se iluminasse naqueles olhos e uma névoa ardente de curiosidade não lutasse contra a dura clareza do primeiro olhar.

Atingira o alvo. O astrólogo leu a predisposição em meu rosto, podendo deixar de lado seu pretenso desejo de compra, e dirigiu-se à minha mesa. Um cheiro denso, cheiro de cadáver empoeirado e ressequido, veio ao meu encontro, junto com seu corpo.
— Vinte e cinco? — perguntou.
Concordei espantada e, em troca, perguntei como ele sabia de tudo aquilo, assim a partir do nada. Respondeu-me que não era nenhum conhecimento, mas uma maneira de olhar. A cor de minha roupa, o formato arredondado de meu rosto e *"le petit grain de folie dans tes yeux"*.
— E isto — disse, apontando para a mesa.
— O quê?
— Escrever — respondeu.
Bingo! Venha o que vier. Entrego os pontos e resolvo deixar o jornal, os livros e a carta. Ostensivamente empurro tudo para o lado, para deixar claro ao estranho que estou disposta a escutá-lo até saber tudo sobre essa maneira de ver e avaliar, sobre o que está escrito nas estrelas, sobre algo que eu quero que esteja escrito em algum lugar e que parece inevitável: a ligação entre mim, se necessário como Sagitário-Escorpião, e o escrever.

De seu ombro pendia uma bolsa abarrotada de coisas, feita de material barato. Colocou a bolsa no chão e tirou dela um livro grosso, retangular. Pela aparência fora tirado muitas vezes de bolsas moles e usado outras tantas. A lombada de linho estava rasgada nas pontas, e em diversos lugares apareciam pedacinhos de papel marcando as páginas.

— Bem, então vamos dar uma olhada na sua bagunça — disse, depois que lhe dei o local e hora de meu nascimento. Comecei a achá-lo divertido. Sua bagunça: maneira bem engraçada de falar.

Estava em território próprio e era poderoso. Seu rosto agora tinha adquirido algo de alegre e descontraído, e era melhor assim. Quando você tem diante de si uma pessoa que só acena com a cabeça, se curva e se abaixa, você não sabe o que dizer e logo fica tão entediado que nem se emociona se ela, por exemplo, lhe diz que você foi ninguém menos do que Mata Hari em uma vida anterior, e vai lhe dar provas convincentes disso.

O livro só continha tabelas. Pediu uma folha de papel e uma caneta. Folheou pra cá e pra lá, seguiu as tabelas com o dedo e anotou uma série de sinais na folha de papel. De tempos em tempos resmungava algo como "Uh, lá, lá" ou "Ui, ui, ui" e me olhava de um modo zombeteiro, como se eu também devesse saber do que se tratava, e tivesse ocultado por anos um pecado que ele finalmente havia descoberto.

Nesse meio tempo algumas pessoas haviam entrado na loja e eu precisava dividir minha atenção entre os fregueses e o homem à minha frente. Ele analisou uma porção de números e sinais, e estes números e sinais, por sua vez, significavam outra coisa, algo sobre mim, algo que o fazia gemer, que o espantava, que o fazia exclamar coisas como: "Que mapa!" e "Outro trígono!" Suas observações continham uma promessa, uma história sobre mim que eu logo estaria ouvindo.

A certa altura disse "*Voilà*, sua marca cósmica", e colocou uma folha cheia de rabiscos embaixo do meu nariz.

Eis o que ela continha:

Eu mesma não soube ler.

Ainda consegui reconhecer Vênus, Marte e a Lua, mas que diabos representavam? Que sinais tinham provocado suas exclamações de espanto e por quê? Que palavras ele tinha em mente agora, e como foram parar lá?

Lá estava, no papel, uma história sobre mim, mas num código que eu não conseguia ler. Isso é frustrante.

Ele tinha em mãos um texto que descrevia com exatidão como eu era, quais as minhas qualidades e meus defeitos, se eu estava destinada a realizar grandes proezas ou poderia me considerar vencida e finalmente fazer do pesadelo de uma vida banal um sonho. Senti-me roubada. Ele possuía algo que era meu, mas eu mesma não tinha acesso à minha história.

Desapontada, mas com cuidado, disse que para mim aquilo era um código secreto e pedi que transpusesse tudo para o holandês normal, a fim de que eu mesma pudesse ler quem eu era, por favor.

— Uh, lá, lá — exclamou de novo, e riu como alguém que vê confirmadas suas suspeitas. — Mas você é mesmo uma mulherzinha muito exigente, sabia?

— Onde está escrito isso? — perguntei ainda.

Ele não se arriscaria a uma tradução para o holandês normal. Havia anotado os graus e aspectos, mas cada astrólogo interpretaria as relações entre os planetas de outra maneira. Para me satisfazer escreveu em cima e embaixo dos sinais o que eles significavam, o que a Lua e o Sol representavam, quais eram os símbolos para os oito planetas, os nomes dos aspectos e os nomes dos doze signos do zodíaco.

Com o livro das tabelas nas mãos, passou a falar comigo sem rodeios. Comecei a me perguntar quem ele era, de onde vinha, o que fazia, qual a sua idade e, afinal, o que é que ele tinha com Van Gogh.

Mas eu me conheço. Antes que me dê conta, a pessoa à minha frente passa a falar só de si, e, apesar de ter prazer em me perder nas histórias dos outros e dificilmente falar sobre mim mesma, dessa vez a coisa era diferente. À minha frente estava o autor da história sobre mim mesma, um enviado dos deuses, e eu só precisava escutar. Tinha minha história nas mãos e eu poderia vir a sabê-la se conseguisse sufocar minha curiosidade sobre a vida dele e deixar de lado a polidez ridícula que consistiria em perguntar, em tom interessado, sobre o que acontecera com ele e que marcas lhe tinham sido impressas — se as das estrelas no céu ou as da vida nas ruas.

Saber o que se quer é poder, e o poder nos torna honestos. Meu intuito era ter minha história desvendada antes que

As Leis

o expediente terminasse. O "depois" era outro capítulo. Disse-lhe, portanto, que de fato já conseguia ler a "Conjunção Sol-Escorpião", mas que nem assim sabia mais do que antes, quando até isso era ilegível.

— Você é um anjo-prostituta filosófico — disse ele sorrindo.

Então ofereci-lhe uma cadeira e perguntei se queria café.

— É um mapa maravilhoso. Chacoalha, é pesado e também um pouco esquisito, mas, no final das contas, muito harmonioso. É bom. Saturno é o regente de seu mapa, e Saturno não é um planeta fácil. Mas no seu caso a dificuldade é anulada por outros planetas. Quando Saturno predomina em um mapa, isto traz bastante desânimo; é a característica dos melancólicos. Mas você é melancólica de uma maneira bem exuberante. No seu caso, o saber e o trabalho da mente lhe trazem mais melancolia do que o mistério, como geralmente é o caso das pessoas de Saturno. Seu prazer está ancorado na sua cabecinha, no aprender. A paixão, para você, é a paixão do espírito. Um anjo-prostituta filosófico é isso. Você negocia com o que lhe é mais precioso: você vende sua alma por um pouco de conhecimento. Quanto mais oportunidades você tiver de fazer funcionar seu cérebro a todo vapor, tanto mais feliz e grata ficará. Pensar relaxa-a. Saturno gosta de ordem e você não se dá por satisfeita antes de ter tudo estruturado ou esquematizado. Se melancolia é o resultado de tanto pensar e ordenar, então você aceitará isso. Tudo é melhor do que não ter nome para as coisas.

É muito esquisito, mas você não tem oposições. Conheço muitos mapas, mas é a primeira vez na minha vida que vejo um mapa sem oposições. Talvez tenha me enganado — reconheceu, e passou a mão na barba —, isso é possível. Vou dar mais uma olhada em casa. Todo mundo tem pelo menos uma oposição, então por que você não teria? Ainda por cima você tem dez trígonos, outra quantidade absurda. Dez! O trígono é um triângulo, um aspecto muito harmonioso, e isso significa que sempre haverá um mediador entre os extremos. Você realmente é uma mulherzinha de sorte! O Sol forma aspecto com sua Lua por meio de um belo triângulo e Vênus forma um triângulo com Plutão. Isso é muito bom. Também é muito agradável para mim, porque forma um aspecto muito simpático com meu Marte e Sol. A questão é saber se isso me serve porque, com um Vênus como o seu, você é amiga de todos os homens. Você faz bem a eles. Sem dúvida você os pisa com seus malvados pés de Peixes, mas depois lambe suas feridas.

Sim, você é tudo, menos uma mulher fácil. Tem seus lados sombrios. Um Saturno em quadratura com Plutão torna as pessoas ásperas, mas no seu caso esse Plutão enérgico está bem guardado junto a Vênus. São mulherzinhas terrivelmente ásperas, porém, na verdade, elas destroem por amor, porque pensam que é bom. Destruição e construção são dois aspectos importantes no seu mapa. Está impregnado de morte, pulula de Escorpiões. Além de tudo, você tem Saturno no ascendente, portanto no próprio Escorpião.

É muito fascinante. Na verdade você só almeja uma coisa: descascar as aparências de tudo e alcançar o âmago das pessoas e coisas. Eis sua meta: a posse da alma.

— E escrever, então? — perguntei.

— Ah, está por todo o seu mapa — disse. — Podemos escolher à vontade. Vamos dar uma olhada em Mercúrio. Mercúrio é Hermes, o deus da escrita, mas isso com certeza você também sabe. Hermes costuma se comportar como um camaleão. Ele só se torna alguém quando há outro alguém presente, uma personalidade que ele possa disciplinar ou substituir, como devo dizer? Hermes toma a forma de tudo aquilo que encontra em outra pessoa, das diversas pessoas que formam alguém, e isso ele estrutura, ou então analisa minuciosamente toda a bagunça para que se torne clara. Se você é vazio, sem nada por dentro, Hermes não tem o que fazer. Mas no seu caso, no caso de pessoas que têm uma Lua tão receptiva como a sua, trabalho não lhe falta. Você é muito suscetível a impressões e aquilo que entra na sua cabeça precisa ser assimilado de uma maneira ou de outra, porque se você não assimila ou trabalha suas impressões, elas desaparecem como se você nunca as tivesse tido. E isso você não suporta! Pela maneira como Hermes está localizado num mapa, tem-se uma boa idéia de como as impressões são assimiladas, como alguém lida com os resultados de suas análises e também como procura transmitir a outra pessoa o resultado daquilo que aprendeu.

No que lhe diz respeito, Mercúrio está localizado no final, no signo de Escorpião, e na sua décima segunda casa. A décima segunda casa é a casa do conhecimento oculto, o esconderijo do segredo. Se você tem Hermes na casa do segredo, portanto na casa na qual você se sente mais recolhida e solitária, isso poderia significar que você também não consegue transmitir diretamente suas descobertas e conhecimentos a outros. Para a maioria das pessoas a décima segunda casa é uma casa desagradável, mas o que para um é amedrontador pode ser indispensável para um escritor. Você precisa estar sozinha para poder pensar sobre o mundo, e até precisa estar sozinha principalmente para se comunicar com outros, para que eles tirem proveito de seu conhecimento. Entendeu? Contudo, você precisa achar uma solução para a maneira de se comunicar e de transmitir seu recado, sem precisar tratar com eles de fato, fisicamente, quero dizer.

E aqui pode haver um problema para você. Há muitos aspectos no seu mapa que a atiram justamente aos braços de outros, e estes são os que a mantêm afastada daquilo de que você precisa, de onde sua felicidade pode estar.

Eu jamais colocaria nisso um Hermes, um Saturno, alguns Escorpiões ou uma décima segunda casa do sofrimento escondido, mas o que o astrólogo disse soou incrivelmente verdadeiro a meus ouvidos.

Ainda acho que a coisa mais aborrecida no ato de refletir é chegarmos tantas vezes a paradoxos. Escrever, por exemplo, parece ter algo a ver com um desejo paradoxal. Não importa o que você queria alcançar com isto: amor, consolo, compreensão, significado; para poder atingir seu objetivo você precisa se afastar o máximo possível dos outros, isolar-se totalmente, quando na verdade só através dos outros você recebe aquilo que mais deseja. É difícil fazer outra pessoa entender aquilo que você pensa ser a verdade, mas é impossível fazê-lo quando, além de tudo, você precisa olhar essa pessoa nos olhos. Nessa hora surgem outras tantas verdades novas. Mas o pior ainda está por vir: a verdade e o escrever não se bicam. Isso você descobre logo, ao aterrissar sozinho atrás de sua mesa de trabalho, após malograr interminavelmente e ter, finalmente, resistido bastante ao poder de atração do mundo. E lá está você, querendo tanto ser honesto e conseguir fazer aquilo em que constantemente fracassa sob o olhar observador do mundo. Ser honesto é muito difícil. Quando você escreve, pensa que isso o incomoda menos, porque você se livrou valentemente dos olhos, ouvidos e voz das pessoas, que fazem com que você minta e constantemente diga e faça aquilo que, na verdade, nunca quis fazer e dizer. Você escreve sossegadamente, anota tudo conforme a verdade, relê as frases e descobre, horrorizado, que a verdade está escrita como se fosse uma grande mentira, pior do que as mentiras de todos os dias e, além de tudo, feias. Por isso muitas pessoas escrevem, mas poucas se tornam escritoras. A maioria desiste nesse ponto. Realmente é um bloqueio. Ninguém agüenta, por anos a fio, encher páginas inteiras com frases que o deixam enjoado de aversão e que, no final das contas, são ilegíveis. Se quiser continuar, você precisa começar a mentir de novo. O desejo pela verdade permanece o mesmo, mas a grande arte é dizer a verdade mentindo sobre ela.

Não tive coragem de perguntar ao astrólogo se para mim poderia dar certo.

Olhou-me com olhos radiantes. Sua história fizera efeito. Eu estava agitada, espantada, alegre e agradecida a ele. Por isso quis retribuir e contei-lhe como estava certo o que ele dissera, que eu estudava filosofia, gostava de escrever, era uma maníaca por estruturas e também podia imaginar algo com relação ao termo anjo-prostituta.

Naquele momento a única coisa que me intrigava era a maneira de me lembrar quem eu era, segundo uma versão que incluía Saturno, Hermes e a décima segunda casa.

— Ainda posso dar uma olhada no que acontece na sua nona casa — disse o astrólogo, animado pelo meu entusiasmo. — Ela é tanto a casa da filosofia quanto da publicidade. Está vendo, você realmente é uma mulherzinha de sorte — completou, apontando sucessivamente uma série de sinais. — Júpiter e Plutão estão juntos na nona casa. Na nona casa Júpiter está no seu lugar certo e isso sempre fortalece o negócio todo. O deus está em casa, eu diria. Não é de espantar que você queira publicar livros e estude filosofia. Aliás, talvez seja tempo perdido e você nem precisasse ter ido à universidade. Conforme esta marca, você sempre foi filósofa. Veja, Sagitário é o senhor da nona casa e ele próprio é o filósofo entre os signos. A pergunta é por que você perde tanto tempo, tendo um Sol na primeira casa, como é o seu caso. Faz tempo que você sabe disso. Você tem Plutão em Leão, seu Leão é dominado pelo Sol e seu signo solar é Sagitário, está vendo?

— Não.

Eu realmente não via. Senti que ele ia dizer algo importante, algo que eu adoraria ouvir, mas que também achava horrível.

— Alguém com o Sol na primeira casa sabe, desde o dia em que nasce, quem ele é. Muita coisa ainda pode dar errado, mas esse saber está presente. Não é para menos, quando se tem um signo filosófico na primeira casa, um Plutão teimoso direcionando toda a energia dele sobre seu Sol e, além de tudo, ainda ter o filósofo entre os planetas na própria casa dele. O Sol é sua personalidade e você nasceu com muita personalidade. Na verdade tudo aponta numa só direção. Por que não aceita os fatos? Gostaria de ter a mesma sorte. Provavelmente Saturno a incomoda mais do que eu pensava, e acaba atrasando o negócio todo. É preciso pôr à prova tanta felicidade gratuita, senão você fica preguiçosa e apática. Bem, não sei... Na verdade, apenas leio o que está escrito.

Estados de espírito são traiçoeiros. Meu entusiasmo inicial tinha desaparecido. De repente estava abatida. Por que estava aqui, como um lobo faminto, engolindo histórias sobre mim mesma, sendo que meu primeiro esboço era claro como água? Por que não conseguia estar em casa, escrevendo atrás de minha escrivaninha, se desde o princípio isso já estava determinado? Por que não continuei sendo quem eu era, dirigindo-me diretamente à minha meta, sem tomar todos esses atalhos estranhos, que só me confundiam e criavam a ilusão de que ficaria mais rica, enquanto, de fato, estava perdendo cada vez mais? O que estava eu fazendo por uns míseros centavos, numa livraria no Pijp, perdendo meu precioso tempo ouvindo uma porção de coisas sem sentido, sobre as estrelas no céu, de um excêntrico solitário qualquer, já que eu mesma sabia melhor e, na verdade, não acreditava em nada?

— De que me serve isso? — irrompi contra o astrólogo.

— Repetindo, tudo é possível, mas na hora H você mesma tem que querer, você mesma tem de fazer e optar por alguma coisa. Nada de desculpas. Soa bonito demais para mim. Soa como a ilusão da juventude, quando você ainda pensa que tudo vem por si e você não precisa se esforçar por nada.

Juventude é um negócio ilusório. Na juventude a vida parece um animal manso, que se estende a seus pés e se satisfaz com alguns agrados miseráveis para lhe ser fiel para sempre.

Com catorze anos tive um sonho. Andava por uma rua no meu vilarejo e percebi que as pessoas se agitavam muito assim que passava por elas. Acenavam simpaticamente com as mãos e também com a cabeça, bondosamente e com admiração. Depois se reuniam e falavam, e era sobre mim. Alguma coisa estava acontecendo comigo, mas eu não sabia o quê. Fiquei curiosa e corri para casa. Minha mãe sempre sabia de tudo.

A porta da cozinha está aberta e minha mãe está à minha frente, ladeada pelos meus irmãos. Ela olha para mim e junta as mãos. Pergunta, espantada, se eu ainda não sei. Não, não, não sei de nada.

Há menos de uma hora tinha sido anunciado no rádio: eu tinha ganho o prêmio Nobel. Impossível. Eu ainda não tinha publicado uma letra sequer.

— Eles sabem que você é uma escritora — diz minha mãe —, e não faz outra coisa o dia inteiro. Estão lhe dando o prêmio por antecipação, porque sabem que o trabalho é bom.

Veja, é isso que eu quero dizer. Eis o que chamo de ilusão da juventude. Quando se é jovem, simplesmente não dá para imaginar que você mesmo precisará lutar por aquilo que quer ter ou quer ser. Você acha que basta querer algo intensamente. Na juventude tudo simplesmente acontece, e você aceita da maneira como vem, o bom e o mau. Certo dia você se dá conta, de uma maneira meio chocante, de que o desejo é uma condição, mas insuficiente para a vida que quer levar. O desejo tende a passar por cima de alguma coisa, e então vira sonho. Ele enfoca as conseqüências e as circunstâncias casuais sem importância daquilo que você pode fazer. Sendo assim, quase ninguém considera como profissão ser astro de cinema, mas todos gostariam de sê-lo. Esse desejo, porém, não enfoca o trabalho, o calor das luzes, os outros atores acanhados de espírito, a inveja e o tédio no ambiente: o que se ambiciona é a admiração que os astros provocam, uma admiração como a que eles próprios sentem quando vêm alguém na tela. Portanto, o que desejam mais ainda é eles próprios serem alguém que as pessoas desejam, na mesma intensidade com que eles próprios desejam um ídolo. Ninguém gosta de se confrontar com a realidade das estrelas. A juventude termina quando nos damos conta da necessidade e da beleza do trabalho, da realidade do trabalho, sem levar em consideração os resultados finais, se isso for necessário, mas de preferência levando-os em consideração. Resumindo, você precisa escrever livros se deseja tanto ser escritor.

De repente o astrólogo parecia derrotado.

— Sinto muito ter reagido dessa maneira — disse eu.

Afastou minhas objeções abanando a mão.

— Não faz mal — disse ele, dirigindo os olhos para o papel —, é seu Marte. Você tem a marca de um filho de deuses, mas o divino a deixa zangada.

— Conte-me mais um pouco sobre os obstáculos e as coisas importantes — pedi.

Afinal, teria que haver uma explicação para isso.

— Ora, até mesmo a tragédia é um presentinho para você — continuou o astrólogo aliviado. — Na verdade, está tudo bom demais. Não se chega a nada quando só há harmonia no tema. É preciso que haja alguns aspectos difíceis para que se possa crescer e se fazer valer. Você tem alguns quincôncios, portanto terá o que precisa. Conforme alguns astrólogos, o quincôncio é o aspecto mais pesado de todo o horóscopo. No seu caso todos os quincôncios se formam com a sua Lua. A Lua é o feminino e o sentimento, e no seu caso existe muita dor aí. A Lua é o coração e sua Lua está sendo pressionada por Marte, Júpiter, Netuno e além de tudo, por Plutão, percebo agora. Realmente é muita coisa, e nada agradável. Quando a Lua forma um aspecto duro com Júpiter, como esse, você passa a exigir muito mais bondade, beleza e verdade da vida, talvez muito mais do que está disponível. Você acha que isso existe no mesmo grau da sua procura e espera, por assim dizer, encontrá-lo todo dia em algum lugar — mas não encontra. Isso a deixa furiosa. Portanto você também é uma destruidora. Tem Escorpião na casa de Mercúrio e ainda por cima Saturno em Escorpião. Isso significa que sua força reside em destruir as coisas como elas são, para construir algo novo a partir dos fragmentos. Por isso, tendo seu Marte a 150 graus com relação à sua Lua, uma pessoa como você é imprevisível, alternadamente enérgica e suave, inflamada, que se ofende com facilidade. Você tem muitos signos duplos formando aspectos: a Lua, que surge de maneira diferente a todo momento; Sagitário, que é divino e terreno ao mesmo tempo e está em oposição a Gêmeos; além de tudo, você tem um Plutão dividido, formando um aspecto duro em relação à sua Lua. E ainda tendo o Sol em ângulo reto com Plutão, você muda tanto que no final das contas fica totalmente perdida. Mas aquele Plutão selvagem forma um aspecto favorável com Vênus e se situa com toda sua energia plutoniana, na casa da publicidade. Neste lugar você vai causar muita confusão, aí onde estão suas emoções e onde você quer fazer nome.

— Obrigada — disse eu, porque me sentia grata.

Ele levantou a mão e fez um pequeno círculo acima de sua cabeça.

— Isso não vem de mim — declarou timidamente —, já estava escrito.

Eu não percebera que já havia passado a hora de fechar. Ouvia, embora me pergunte se a situação, um misto de narcose e agitação, possa ser chamada de ouvir. Quase tudo no mundo já foi analisado alguma vez por algum especialista, conhecedor, professor ou moralista, que mostrou como essas coisas devem ser da forma mais eficiente. Ouvir com atenção exige que você tenha empatia e abandone preconceitos. Leis como essas. Sempre fui muito sensível a elas. Quando ainda não tinha lido tantos livros, memorizava com a maior facilidade as leis para cada tipo de bom comportamento, a maneira correta de apresentar-se, a maneira certa de agir. Sem regras me sentia perdida. Outras pessoas também, eu pensava. As dificuldades apareceram quando comecei a ler mais livros e descobri que existiam mais leis sobre o mesmo assunto — e diferentes. A coisa se tornou trágica quando percebi que os outros também tinham as suas leis, mas raramente ou nunca liam livros. Iam buscá-las em outro lugar. Onde, eu não sabia. Algumas pessoas parecem ter as leis dentro de si, por natureza. Não leram livros, mas têm uma opinião, uma certeza, uma idéia de como o mundo deve ser. Estão convencidas de que têm razão e não precisam indagar em lugar nenhum como devem pensar sobre determinada coisa.

Eu não entendia como isso era possível. Temia não possuir uma natureza própria. No melhor dos casos, talvez algum dia tivesse tido uma, mas perdera-a em algum ponto do caminho.

De qualquer maneira, naquela tarde o meu jeito de escutar o que o astrólogo dizia pouco tinha a ver com empatia pela história de outra pessoa. Essa história tratava de mim e oitenta por cento dela eram incompreensíveis. Eu não entendia segmentos inteiros de frases. Mesmo assim, escutava. A linguagem peculiar do astrólogo fulgurava enquanto se prendia às aflições e os sêxtis, e as conjunções do signo descendente sobre os trígonos da primeira casa. Ele só verificava se eu estava entendendo o que ele dizia quando usava uma expressão em francês, porque não encontrava de imediato uma tradução em holandês, ou quando queria mostrar, por meio de uma metáfora, os efeitos das posições dos planetas sobre meu comportamento; nunca o fazia quando falava sobre os cálculos, que para mim realmente eram incompreensíveis.

Na sexta-feira seguinte ele apareceu na entrada da loja, cinco minutos depois que eu tinha destrancado a porta. Entrou bem devagar, olhou como que se desculpando e, tenso, analisou meu rosto. Desconfiei que ele esperara num bar até que virasse a esquina, de bicicleta, e mal tivera paciência de esvaziar sua xícara de café.

Quando o vi, uma espécie de irritação surgiu em mim, como no primeiro encontro. Isso me espantou, porque na semana anterior eu me deliciara com suas histórias e ele tinha sido muito generoso com seu conhecimento antiquado. O que era aquilo? Aquela coisa grosseira em seu comportamento, uma exalação animal de fraqueza, humildade, dependência?

Nos anos seguintes, quando passei a vê-lo com regularidade e cheguei mesmo a ir uma vez com ele a Paris, percebi a mesma coisa nos poucos amigos que ele me apresentava e até nas mulheres com as quais fazia amor, como dizia. Quando o viam de novo, todos tinham uma centelha de aversão no olhar no primeiro momento, mesmo que fosse por uma fração de segundo. Eu me censurava por isso, e mais tarde ainda me reprovei centenas de vezes, mas era incontrolável. Não consegui me acostumar a isso, e também nunca passou. A vida do astrólogo me parecia desagradável. Eu não entendia como ele a agüentava por tanto tempo. Até seus entes mais queridos precisavam ser sempre reconquistados, e mesmo uma convivência de muitos anos conservava a dureza desajeitada do primeiro contato. Apenas quando conheci sua mãe, compreendi melhor as coisas.

O astrólogo se mudara recentemente para um novo apartamento e sua mãe viria visitá-lo. Nessa época eu já o conhecia há mais ou menos dois anos, mas às vezes não o via durante meses, por ele estar em algum lugar na França. Não deixava endereço. Às vezes mandava um cartão postal ou uma cartinha. Chamava-me de *Monsieur Lune*. A seu ver, eu parecia uma mulher de Rubens em trajes de soldado, o que para ele era lógico, porque minha Lua não se dava com meu Marte. Quanto a mim, nunca nada me pareceu lógico, e além do mais me divirto em analisar qualquer assunto com a maior quantidade possível de teorias, idéias e pensamentos.

Já pensei sobre o negócio entre homens e mulheres, mas acho muito difícil ver isso de uma maneira simples. Começando por Adão e Eva, o problema não parece ser se eles se dão bem e se gostam, mas sim que uma felicidade indefinida é perturbada por outra coisa, um terceiro, por um diabo sutilmente disfarçado ou um Deus que se mete em tudo — só não com o diabo — pelo roubo de conhecimento, e justamente por ser Eva a pessoa seduzida a comer algo que ela jamais deveria comer, violando com isso a lei e, por sua vez, seduzindo Adão a participar. Quanto mais a história se desenvolve, mais eu gosto. Enquanto puder, não vou deixar de ligar a relação entre homens e mulheres com a relação entre Deus e o diabo, entre o conhecimento e o pecado original. Gostei que o astrólogo ainda tivesse acrescentado um Sol e uma Lua a isso, porque atiçou minha fantasia. Não seria capaz de fazer tais ligações usando só o Sol e a Lua. O astrólogo, esse sim, era capaz e, francamente, me deixou tranqüila o fato de que sua vida não se tornou mais simples ou mais transparente por causa dessa enorme restrição.

O astrólogo me procurava assim que voltava aos Países Baixos ("Holanda", dizia ele) depois de uma viagem. Sempre me trazia algo, um ou mais livros, um pedaço de queijo ou uma lingüiça com alho. Tudo vinha acondicionado num saco de papel marrom, onde ele escrevia com caneta hidrográfica: "Comida para Monsieur Lune". Nos primeiros dias depois que voltava ele era impossível de aturar. Queixava-se de que os holandeses eram frios e irredutíveis (*"ils ne sont pas tactiles"*), da impossibilidade de se ter um verdadeiro contato com alguém, da diferença entre aqui e lá. No momento em que atravessava a fronteira, a Holanda lhe saltava às costas e ele tinha a impressão de estar carregando com dificuldade algo pesado, que o pressionava para baixo, que o impedia de andar ereto e lhe dificultava a respiração. Chorava cada vez com mais freqüência.

Sempre me vinha à mente a imagem dos anos 60, quando do ele descrevia a vida de lá, com os franceses que ele conhecera durante a viagem. Tenho uma aversão intuitiva a isso. Vejo os anos 60 como a Idade Média do século XX, apesar de esta imagem ser tão intuitiva quanto minha repulsa. A Idade Média é a Idade Média e tem seu lugar na história. Se a Idade Média reaparece no século XX, o tempo foi arrancado de seu lugar e acontece algo irreal, algo inverídico, uma repetição indecente, por assim dizer. Essa é minha opinião. Os anos 60 me dão a impressão de não serem verdadeiros, uma cena falsa no palco do tempo. Essa falta de verdade inebriava e todos viviam impelidos pelas mentiras. A mentira era a rejeição ao século XX, e ela penetrava nos corpos, nos gestos, nas relações e principalmente no próprio idioma.

Às vezes eu dizia ao astrólogo que ele pertencia à Idade Média. Naquela época ele poderia vagar pelas ruas e em cada canto teria achado um teto porque conhecia os astros e poderia prognosticar se as pessoas deveriam colher hoje ou amanhã, e quantos meninos e meninas ainda nasceriam. Naquela época, as pessoas acreditavam nisso de uma maneira diferente de agora. Ele receberia comida e poderia ficar tanto tempo quanto quisesse, porque afinal era um homem simpático, e antigamente as pessoas não levavam tão a sério as esquisitices dos andarilhos.

Não sei se isso teria feito alguma diferença para o astrólogo. Às vezes penso que sim.

Ele me pediu para ir à sua casa, de preferência bem antes de sua mãe chegar. Cheguei cedo e dei-lhe a torta de maçã que tinha feito para a ocasião. Com uma indiferença incomum para ele, pegou a torta de minhas mãos e colocou-a sobre a pia. Estava muito nervoso.

O quarto dele estava cheio de caixas de papelão da mudança. Via-se uma panela de sopa em cima do aquecedor. Tinha acabado de tomar banho e penteara o cabelo com uma risca no meio, o que lhe dava uma aparência de menino de escola. De repente fiquei com pena dele e coloquei minha mão sobre seu braço. Algo nele começou a entrar em ebulição. Engoliu em seco. Era como se em seu tórax blocos de ar comprimido batessem contra um escudo. Com a mão esquerda, agarrou meu ombro, com a direita tapou a boca, da qual saía um som longo e áspero.

— Não vai dar tempo — gemia ele —, não vai dar tempo. Ela vai ganhar.

— O que não vai dar tempo? — gaguejei, porque estava com medo.

— Outubro.

— O que tem outubro?

— Aí as coisas vão melhorar para mim. — Respirava com dificuldade e disse algo sobre mudanças no firmamento, posições favoráveis de planetas, remoção de bloqueios e liberação de energia.

— Ah, se tivesse seu Marte! O meu não presta. Só consigo ficar furioso com as sombras. Só consigo matar meus inimigos quando já estão totalmente mortos por si mesmos. Às vezes fantasio desenterrar o cadáver de meu pai e ainda agora picá-lo em pedaços. É terrível, espero pela morte de minha mãe para que possa despedaçá-la. Você pelo menos destrói pra valer, portanto tira algum proveito disso. Do jeito que as coisas andam não saio do lugar, e minha vida está passando. Mas enquanto minha mãe ainda vive, não há lugar para minha vida: ela simplesmente não pode existir. É assim mesmo; também o vejo nos nossos mapas. Um de nós precisa desaparecer, ou ela ou eu. E ela tem mais fôlego.

Parecia cada vez mais furioso; percebeu que me assustei e não soube o que dizer. Segurou minha mão e apertou-a.

— Não faço tudo como deve ser feito? Ando por aí, olho, faço compras nas lojas, falo sobre coisas simples com as pessoas na rua e sobre coisas difíceis com pessoas como você, mas na verdade a vida parece acontecer fora de mim, como se eu não tivesse nada a ver com ela, você entende? É minha própria vida, mas não faço uso dela.

Impossível começar a falar com o astrólogo sobre fuga da realidade, complexos de pai e mãe, Édipo e todo o arsenal de explicações que você desfia para alguém a fim de clarear um pouco as coisas. Ele tinha colocado uma tela sobre o mundo e os nós da tela tinham a ver com o céu, as estrelas, graus, cifras. Encolhera-se nessa tela e se eu puxasse algum dos fios ela ficaria cheia de furos, e a loucura escaparia por todas as brechas.

Meia hora mais tarde sua mãe tocou a campainha. Era uma mulher pequena, de cor amarelada, com cabelo liso e completamente branco. Já ultrapassara os setenta, mas tinha o rosto corado de uma jovem.

O astrólogo a aguardava junto à porta, e então eu vi.

Ela tinha a mesma coisa.

Cumprimentou-o sem vontade, como se ela própria se espantasse de algum dia ter parido e amamentado aquele cinqüentão. A maneira como nós, seus amigos, o olhávamos era a maneira como ele sempre tinha sido olhado. Não conseguia receber outro olhar a não ser esse. Ele o procurava.

Cristo, mas ela era sua mãe!

Conseguiu chegar até outubro daquele ano e partiu no mesmo mês, por tempo indeterminado, para a França, acreditando em uma série de mudanças que não sabia quais seriam, mas que pensava serem boas para ele.

Por volta do Natal recebi uma carta.

Arles, 19 de dezembro de 1982

Cher Monsieur Lune,

Na verdade as coisas não aconteceram como eu esperava. Sinto que muitas coisas aconteceram, e por um momento parecia que as coisas iriam melhorar, porque eu estava mais ativo e encontrara pessoas simpáticas. Mas aquilo ainda continua comigo, aquela coisa que sempre está presente, que está dentro de mim, em botão, embrionário, aguardando pacientemente seu tempo certo, aparecendo cada vez que me lanço a algo e destruindo aquilo que para mim é valioso. Minha felicidade é atacada pelos vermes. O verme precisa sumir, *coûte que coûte*. Mas como? *Et quand*? Ele está no meu mapa. Nunca há nada estável, em tudo existe aquele algo corrosivo.

Como vai você? *Ça va*? Você também está sozinha, mas gosta disso. Eu não. Você se enclausurou com o maior crítico de si mesma (☉↗♐), mas eu carrego comigo um autodestruidor. Manter confiança.

Está bonito aqui, com neve. *Bon Noël. Je t'embrasse.*

Moi.

Voltou na primavera. Ficaria apenas umas três semanas nos Países Baixos, porque estava ocupado com algo grande na França. Jogava na loto e tinha inventado um sistema pelo qual poderia prever quais números deveria preencher para ganhar o grande prêmio. Para poder terminar o projeto, precisava de um jornalzinho no qual todas as semanas eram publicados os números vencedores da loto.

Isso o deixava agitado. Em casa jogava os dados por horas a fio e montava fileiras de números. Era a primeira vez, dizia, que agüentava ficar por mais de três horas seguidas em casa.

A concentração é benéfica e, quando ele me visitava, eu sempre lhe dava a data de nascimento de alguém que acabara de conhecer. Eu já tinha a minha história no papel, e a curiosidade a respeito do meu mapa diminuíra. Além do mais, descobrira que o astrólogo estava mais interessado numa possível combinação dos nossos horóscopos. De acordo com ele, nossos planetas combinavam muito bem e apenas a minha conjunção Marte-Netuno oferecia obstáculo a uma eventual relação. Quanto a mim, muitas outras coisas atrapalhavam, mas eu não tinha vontade de falar com ele sobre o assunto.

Quando o astrólogo conhecia alguém, logo pedia os dados necessários. Em casa, verificava se conseguira algo que valesse a pena. O que mais gostaria de descobrir era um mapa que combinasse perfeitamente com o dele, a combinação perfeita de dois incidentes na qual as faltas fossem preenchidas e os excessos, de ambos os lados, aparados. Relações eram sua especialidade.

Quando vinha me visitar, às vezes lhe dizia que não tinha tempo para ele, mas quando o deixava entrar fazia com que ele sempre tivesse a palavra. Graças a ele eu sempre tinha novas idéias, porque ele estabelecia ligações que dificilmente me ocorreriam, e extraía dos deuses e deusas todo o seu material imaginativo; da minha parte, eu achava oportuno ligar essas coisas com aquilo que me ocupava no momento. Não há como aprender sobre mitos com uma pessoa que ainda os considera uma parte viva da realidade.

Assim, aos poucos, também as pessoas com as quais eu me relacionava por um período mais curto ou mais longo adquiriam caráter de personagens das histórias, sempre tão esquisitas, do astrólogo. Eu lhe dava as coordenadas e ele pintava a paisagem de seus firmamentos estrelados. Com um passe de mágica o astrólogo fazia surgir o professor De Waeterlinck, Daniel Daalmeyer e Clemente Brandt, sem que jamais os tivesse encontrado ou fosse encontrar.

Às vezes tento imaginar como era a cabeça dele por dentro. Não é meu costume, e isso não ocorre com a maioria das pessoas. Com o astrólogo, sim. Quando ele procurava uma explicação para alguma coisa ou aceitava meu pedido para ver a posição dos astros no nascimento desta ou daquela pessoa, virava os olhos para cima e parecia querer girá-los totalmente para dentro, para que pudessem ver um *slide* projetado dentro de sua cabeça, no qual aparecia sempre o mesmo desenho: um círculo.

O círculo é dividido em doze pedaços, como um bolo. Os números estão nas pontas dos triângulos formados por essa divisão. Em volta e dentro do círculo aparece uma interminável e variada série de sinais e números. Os sinais são os astros, que sempre estiveram em movimento e continuam se movendo a cada dia. O astrólogo conseguia, sem dificuldade, interromper o movimento da roda e, de cabeça, projetar um círculo na tela retratando o firmamento tal qual ele era, por exemplo, em 25 de dezembro de 1934, à meia-noite.

Segundo informações, em 25 de dezembro de 1934 às doze horas da noite nasceu Lucas Asbeek, e o astrólogo disse que algum dia nos encontraríamos, machucaríamos um ao outro e eu perderia minha força.

Nisso ele teve razão.

Sua segunda visita foi no outono. Tinha me trazido lingüiça e *Le Plaisir du texte*, de Roland Barthes, e contou sobre o fracasso da loto. Seu sistema era perfeito e ele sabia exatamente o que devia preencher para ganhar o prêmio, mas alguma coisa o tinha feito preencher justamente outros números ligeiramente diferentes. O prêmio saíra exatamente com a fileira de números de seu sistema: ele amaldiçoara a si e ao verme que o roía. Tinha chances suficientes, mas estava condenado a perdê-las. Estava mais do que farto de seu mapa. Estava cansado.

Certo dia, no outono, ele tocou a campainha e subiu a escada resmungando. Esperei à porta, com a firme intenção de logo deixar claro que ele viera em má hora e que eu estava com medo de sair do meu ritmo se interrompesse o trabalho naquele momento. Achava-se ainda na metade da escada quando levantou para o alto algo que eu não vi o que era.

— Olha, olha — disse ele, agitado —, tão estranho!

Sem me cumprimentar, passou por mim e deixou a bolsa escorregar do ombro. O astrólogo, que dificilmente deixava de ser polido, tinha um olhar tão selvagem que decidi escutá-lo ao menos por um instante. Abriu a mão e me deixou ver aquilo que tinha sacudido no ar há pouco. Era um batom.

— Olha — disse ele e virou o estojo de maneira que eu pudesse ler a etiqueta dourada na extremidade.

— Sorvete de frutas — li em voz alta.

— O trinta e três — corrigiu ele, ofendido.

Assustei-me. Para não sufocar sua inesperada alegria, disse que realmente chamava a atenção.

Nas últimas semanas, ele vinha falando sempre sobre o trinta e três. Afirmava que aquele número tinha sempre desempenhado um papel em sua vida, desde criança. Conseguia se lembrar de números de residências, datas, horas, placas de carros e distritos, ligá-los ao número e em seguida associá-los aos acontecimentos importantes de sua vida — onde quer que ele tivesse estado e independentemente de sua idade.

Só percebi o quanto isso era importante para ele quando precisou escolher entre mudar para uma nova casa ou desistir dela. A casa que lhe estava sendo oferecida era muitas vezes melhor do que aquela onde morava no momento, uma oferta aparentemente irrecusável. Ninguém teria hesitado por um instante sequer, mas o astrólogo estava em pânico. Quando lhe perguntei quais eram suas dúvidas, ele me disse que ainda não sabia o número do novo endereço. Conforme parecia, seria o número treze, e ele não tinha ligação com o treze. Uma semana mais tarde recebeu a notícia de que lhe tinham destinado o terceiro andar.

— Afinal de contas, é novamente o 33! — bradou triunfante. — Estarei morando no 13C e o C na verdade corresponde ao 3.

Depois disso, empacotou suas coisas e mudou-se.

Estava à minha frente, ainda de paletó. Contou, radiante, sobre uma noite de insônia na qual ficara acordado porque os fantasmas não saíam de sua cabeça e ele não conseguia decidir se ficaria por mais tempo nos Países Baixos ou voltaria para a França. Só perto do amanhecer é que caiu num sono leve, e acreditava ter decidido ir embora dos Países Baixos. Não tinha muita certeza disso.

Levantou-se pela manhã e procurou na despensa algo para comer porque ele — coisa que nunca acontecia — não estava com vontade de comer apenas pão. Não sabia o que tinha vontade de comer. Enquanto empurrava para o lado algumas latas e pacotinhos, viu de repente um enorme trinta e três. Era a marca dos bolos que ele certa vez tinha trazido da França e que desde então estavam lá, intocados. O achado aumentou sua certeza de ter feito uma boa escolha. Precisava sair dos Países Baixos o mais depressa possível.

Os bolos estavam envelhecidos, mas comeu-os com gosto. Todos. "Também para ter dentro de mim o trinta e três".

Nada mais poderia dar errado. Ele tinha começado a fazer a mala e decidiu passar rapidamente em minha casa para se despedir. Na soleira da minha porta seu pé batera em algo que rolou à sua frente, e ele apanhara aquele batom, que tinha o número mágico no verso.

Olhou-me como um vencedor. Tinha uma sombra escura em volta dos olhos e suas pálpebras estavam inchadas e vermelhas, mas tudo o que pode cintilar nos olhos de alguém cintilava nos dele, e eu não tive coragem de dizer-lhe o que pensava.

Ele partiu naquele mesmo dia. No decorrer da noite, fiquei enjoada e precisei vomitar. Pensei que nunca mais o veria. E assim foi.

A posição que temos perante um talento deve ser a mesma que temos perante a vida, porque num determinado momento se encontrarão num mesmo ponto, e aí sua vida será seu talento e será seu talento viver. Um talento que permanece como uma promessa enganosa pode significar sua morte — tenho certeza disso. Irá resmungar dentro de você e dizer como a vida poderia ter sido, e em determinado momento como ela deveria ter sido; aquilo que você deveria ter puxado de dentro de si e ter trazido para junto do belo, da sua própria vida, para junto do que há de excepcional nela, aos poucos vai puxando-o para baixo, em direção da morte, a grande niveladora.

Enquanto o astrólogo esteve parado à minha frente, com o batom na mão, curvado por um sofrimento que o consumia, de repente me dei conta do quanto nos parecíamos um com o outro, e do que nos distinguia um do outro. O resultado do que fazíamos era o mesmo, mas nos sentíamos pertencentes a uma causalidade diferente.

Ele deixava para a vida exterior a tarefa de convencê-lo de que sua existência tinha sentido, de que ele tinha direito a ela, de que estava contido nela, e que estava indo bem e não havia nada de errado nela. Esperava a cada dia que o mundo lhe desse um tapinha nas costas, um sinal do acaso, de modo que o próprio acaso fosse desmascarado como uma lei e se transformasse de uma deusa cega e indolente numa mãe suave, preocupada, que cuida de sua prole e a protege constantemente. O astrólogo não suportava a indiferença do destino e por isso não suportava a vida. Ele não coincidia com ela.

A fim de livrá-lo de seu terrível isolamento, a vida precisava torná-lo participante de uma grande história para assim fornecer-lhe a prova da necessidade de sua existência.

No meu caso era o contrário. Eu julgava poder livrar a vida de sua falta de sentido apenas a partir do isolamento, e desse modo transformar as coisas solitárias e sem alma em sinais para que, em algum lugar, num contexto inventado por mim, ainda pudessem ter sentido.

A vida precisava de mim. Sem mim não seria nada.

2.
O EPILÉPTICO

As aulas de filosofia eram dadas em dois prédios antigos, no centro da cidade. Eram os únicos prédios parecidos com as construções majestosas de Oxford ou Cambridge, que eu já tinha visto em filmes e que para mim se tornaram o modelo de como deve ser a aparência de uma universidade. Apesar de minha vida de estudante não se comparar de modo algum à dos heróis daquela espécie de filmes, no momento em que eu passava pelas colunas dos portões e era levada para o silêncio da pracinha redonda, tinha a sensação de estar entrando num filme, de estar me ocupando de algo importante.

Havia uma árvore alta no meio do parque, e no chão, à sombra das folhas, erguia-se o pedestal com o busto de Minerva. Se você o contornasse, parecia que ela o seguia com os olhos, por isso eu desviava o olhar e então precisava encarar a feia pedra com as cabeças esculpidas de Vossius e Barlaeus. Achava que essas cabeças tinham malogrado, mas apenas os nomes dos dois famosos melancólicos já eram suficientes para que o ambiente seletivo existisse, ainda que por um momento, e eu me considerasse feliz por ter ido parar numa cidade de poetas e cientistas. Qualquer ilusão de ser especial, porém, desaparecia quando eu abria as portas de vidro e pisava no grande saguão do prédio. Ali reinava o espírito democrático do século XX.

Prédios públicos conseguem manter a história na sua fachada, mas, se continuam em uso, o seu interior assume a cor do presente. O estranho é que isso acontece por causa do exterior das coisas e das pessoas, das suas formas, das suas roupas, pelo som que emitem e pelos seus gestos. Pessoas seguem modas e se a essência das pessoas mudou no decorrer de todos esses séculos, não quero entrar nesse mérito. De qualquer maneira, cada século se aninha novamente, com astúcia, nas dobras de suas roupas, na coreografia de seus gestos, no som colorido de suas palavras e na dramaticidade de suas emoções. Décadas inteiras fugiram do anonimato da época, escondendo o progresso atrás da máscara de um rosto próprio, e os séculos sempre acham novamente pessoas predispostas a usar a máscara da época e assim serem responsáveis por sua característica.

Por todos os cantos do saguão havia grupos de pessoas, e bolsas de todas as cores e tipos estavam espalhadas no chão. Quando entro num lugar cheio de gente, tenho a impressão de que preciso saber muito bem, de antemão, o que fazer, dirigir-me com firmeza a algum ponto ou alguém, e me ocupar diretamente das minhas coisas. Não é possível parar e decidir na hora o que fazer.

Eu não tinha descoberto nenhum conhecido ao primeiro olhar e dirigi-me diretamente ao elevador num dos corredores que desembocavam no saguão. Junto à porta do elevador estava pendurado um quadro de avisos com a planta do prédio. Eu procurava o número H 211 da grande sala de aula. Naquela sala, o professor De Waeterlinck iria lecionar sobre filosofia contemporânea.

"De Waeterlinck é um mito", dissera-me Daniel Daalmeyer, e as histórias sobre o professor e o conteúdo de suas aulas tinham me deixado curiosa. Até agora era o único professor de filosofia sobre o qual ouvira alguém falar com admiração. Os Países Baixos são conhecidos por uma terrível falta de filósofos originais e as aulas a que eu tinha assistido até então me davam razão de sobra para endossar essa opinião. No que se refere a mestres, só tinha conhecido escolares crescidos, que dominavam a obra de um filósofo estrangeiro até nos rodapés e se sobressaíam, principalmente, contando em outras palavras aquilo que o próprio filósofo havia colocado no papel numa prosa muito mais bonita. Não havia um único que contasse uma história de sua autoria. Era como se houvesse uma lei que proibisse alguém de aparecer com alguma idéia própria. Sob o pretexto de participação ativa do estudante, a maior parte das aulas tinha sido rebatizada de aulas práticas, o que significava que você precisava defender pensamentos que não tinha perante outros colegas que também não os tinham. Na maioria das vezes apontava um ou outro megalomaníaco na faixa dos vinte anos em algum desses grupos, que se considerava um pensador original e aproveitava a ocasião para, em cada aula, discorrer sobre sua filosofia de vida ou explicar como, já aos doze anos de idade, declarara como inválido o imperativo categórico de Kant.

Para mim era uma tortura aquilo que os docentes estimulavam, por isso eu evitava ao máximo as aulas de trabalho. Procurava organizar meu estudo de tal maneira que pudesse ler os livros em casa ou assistir calada às palestras.

Da mesma maneira como o interior dos prédios, as aulas também não combinavam com o modelo que eu tinha de uma universidade. Os livros foram a única coisa que me agradaram desde o primeiro dia.

Vi Daniel Daalmeyer pela primeira vez em 1981, durante um curso sobre *A Montanha Mágica*, de Thomas Mann, um projeto de trabalho de equipe entre cientistas da literatura e filósofos. No programa de estudo falava-se sobre "uma tentativa de esclarecer em conjunto as raízes do atual nihilismo e a estética inflexível dos escritores e filósofos atuais". Só essa frase continha tantas coisas desconhecidas para mim que decidi fazer o curso.

Toda terça-feira era tratado um aspecto do romance, sempre por outra pessoa, e durante uma dessas palestras sentei-me ao lado de um rapaz de cabelos escuros, ao qual não dei atenção até o momento em que ele me pediu uma caneta emprestada.

Só tenho canetas bonitas.

Não gosto muito de emprestar minhas canetas.

Só consigo mentir se me preparo para isso com muitos dias de antecedência.

O pedido veio inesperadamente e sempre tenho várias canetas na bolsa. O rapaz não podia saber isso, portanto teria sido simples sacudir a cabeça e eventualmente lançar-lhe um olhar de desculpas; mas eu já estava me curvando e pegando a bolsinha de couro onde estava minha linda Lamy. No entanto, ao lhe passar a caneta, queria deixar claro meu desagrado pela expressão do meu rosto. Pegou-a de minha mão sem se dar o trabalho de lançar um olhar de aprovação para mim ou para a caneta, murmurou "obrigado" e começou a escrever furiosamente num caderno. As carteiras na grande sala de aula estavam dispostas em forma de anfiteatro. O descanso do braço esquerdo de cada cadeira era provido de uma prancheta móvel. O garoto era canhoto. Seu cotovelo quase tocava a borda da minha própria prancheta e assim que a aula começasse, dentro de instantes, seria impossível até deslizar uma caneta pelo papel, porque não havia espaço suficiente para meu cotovelo direito.

Previ grandes dificuldades, fiquei nervosa e me preparei para a tarefa de exigir espaço assim que a palestra começasse. Na verdade, também preferiria que minha caneta fosse imediatamente devolvida.

Nesse meio-tempo, um homem por volta dos quarenta anos estava atrás do atril. Seu terno lhe caía bem, e tirou uma pasta de uma cara maleta de couro. Enquanto se ocupava disso, olhou diretamente, por diversas vezes, na minha direção, mas quando segui seu olhar vi que não se dirigia a mim e sim ao rapaz do meu lado. Desde que este apanhara minha caneta, não levantou mais a cabeça do papel e comecei a me perguntar do que tratariam todas aquelas frases. Para evitar um encontrão com o cotovelo que ia e vinha, aprumei-me e encolhi a barriga. Só queria que aquele homem começasse a palestra para que eu pudesse entrar em ação. Mas ele esperou até que os retardatários também tivessem achado um lugar na sala, e durante todo esse tempo ficou olhando para o alto da cabeça do meu vizinho.

Era a terceira palestra da série, e tinha como tema a relação entre Hans Castorp e Clawdia Chauchat. Não consegui me lembrar exatamente do nome da pessoa que falaria hoje; no programa vi algo como Muden ou Uden. Lembrava-me, sim, da enorme lista de publicações relacionada abaixo de seu nome, e de que era relativamente jovem quando tirara seu diploma de doutorado.

O cotovelo do meu vizinho continuava a subir e descer. Senti-me aliviada quando ouvi o homem atrás do atril pedir a um aluno que fechasse a porta atrás de si. Bati no ombro do escrevinhador e mostrei-lhe, com as duas palmas das mãos voltadas para fora e uma cara de boba, o desconforto da minha posição. Ele me olhou entorpecido, como se o tivesse tirado de um transe profundo, fixou a ponta de seu próprio cotovelo, depois minha prancheta, e disse alto demais: "Oh, desculpe!" Algumas pessoas na nossa frente se viraram. De repente fiquei vermelha, com vontade de dar risadinhas e piscar para todos aqueles que se sentiam incomodados, de um jeito que conheço dos tempos de igreja. Nada é tão estimulante para o riso quanto uma situação onde é proibido falar, rir ou emitir qualquer outro som. Foi difícil abafar o riso. Isso mal incomodou o rapaz do meu lado, que procurava virar sua cadeira de tal modo que eu também tivesse espaço suficiente para escrever. Se eu apertasse meu braço direito contra minhas costelas daria certo, e acenamos um para o outro confirmando o arranjo. Ele se curvou novamente sobre o papel e eu olhei para o palestrante, que nesse meio tempo tinha se apresentado como Stefan Duden, e explicava o tema da aula.

Não sei bem o que é, nem de onde vem essa atitude, mas logo que alguém abre a boca para falar não quero perder uma única palavra do que é dito, mesmo que o assunto não tenha nenhuma importância. Prendo-me às palavras da apresentação, esqueço o que está à minha volta e me sinto como se

As Leis 39

estivesse viajando. Ao mesmo tempo que ouço atentamente o que a pessoa diz, volto-me para dentro de mim mesma, e alguma coisa passa a acontecer na minha cabeça, um atropelo e uma confusão de palavras, temas e imagens que se engancham uns nos outros, evocados por palavras aleatórias do falante e colocadas por ele numa determinada direção, que eu mesma não seria capaz de colocar. Alguém pode estar falando sobre a conexão de um telefone a uma rede de cabos e justamente usar certas palavras que me sugerem algo sobre a natureza da família, para mencionar um exemplo.

Há nisso algo de capcioso, pois muitas vezes vi a pessoa com quem eu falava ficar muito animada porque minhas perguntas e observações a estimulavam a seguir adiante, e principalmente a continuar a falar. Então me conscientizava de que aquele narrador poderia pensar que meu entusiasmo era puro interesse pelo conteúdo da história, mas na verdade era principalmente a história paralela que se formava na minha cabeça que me excitava, à qual eu queria dar um fecho.

À medida que a aula de Duden prosseguia, o rapaz ao meu lado foi ficando mais inquieto. De tempos em tempos resmungava algo, sempre tão alto que as pessoas da fila da frente se viravam incomodadas. Eram observações de desaprovação e ele sacudia raivosamente a cabeça enquanto as proferia.

Apesar de me irritar, eu também estava curiosa para saber o que acontecia entre o rapaz e Stefan Duden. Não tinha dúvida de que eles se conheciam, apesar de o primeiro não ter mais olhado em nossa direção desde o início da palestra. O rapaz, ao contrário, olhava agora ininterruptamente na direção do orador e procurava atrair a atenção de Duden estalando a língua.

Mais ou menos dez minutos antes do intervalo, ouvi meu vizinho dizer de repente e bem alto: "Não, não e novamente não!". Livrou-se a custo da cadeira, enfiou o caderno a caneta, com um movimento brusco, nos bolsos do paletó e foi saindo pela fila da nossa frente. Sem olhar diretamente para Duden, disse:

— Pare com isso, homem! Na verdade eu sei do que você está falando, Stefan.

Pronunciava o nome de uma maneira que fazia supor que sabia muito a respeito dele e queria deixar claro a todos que Stefan na verdade tinha outro nome.

"Lá vai minha caneta," pensei no momento em que o rapaz fechava a porta da sala de aula atrás de si, com um forte estrondo. Duden seguiu-o com os olhos, virou novamente o rosto em direção ao auditório e sugeriu, com um sorriso, que se antecipasse o intervalo.

— Em aproximadamente quinze minutos aguardo-os novamente aqui — disse ele. Ficou atrás do atril e curvou a cabeça sobre seus papéis.

Fora da sala dei uma olhada para ver se ainda conseguia ver o garoto, mas o corredor estava vazio.

Depois do intervalo o lugar ao meu lado permaneceu desocupado, mas quando fui para casa, pelo Oudezijds Voorburgwal, vi-o saindo de uma das vielas laterais. Andava a uns dez metros à minha frente e olhava para o chão, com as mãos nos bolsos. Acelerei o passo porque agora iria ter a oportunidade de exigir a minha caneta de volta.

Não pude notar se o pé dele tinha enganchado na protuberância de uma pedra, mas vi que de repente tropeçou e se agarrou, com a mão esquerda, a uma grade de ferro. Conseguiu se apoiar mais ou menos, mas sua perna esquerda dobrou-se lentamente e ele caiu de joelhos, de uma maneira esquisita. Ali permaneceu, de cabeça baixa. Parecia um devoto.

Aproximei-me dele rapidamente e toquei seu ombro. Ele moveu lentamente a cabeça e virou o rosto na minha direção. Estava branco como cera, sua testa e a parte superior dos lábios brilhavam de gotas de suor.

— Posso ajudá-lo? Sente dor? — perguntei.

— Ainda não sei. Vou ficar sentado mais um tempinho. Espere.

Fiquei em dúvida se também deveria ajoelhar-me ou fi-

As Leis

car de pé ao lado dele. Quando estamos perto de anões e liliputianos temos a tendência de nos diminuir até chegar a seu tamanho, curvando-nos quando falamos com eles, para ter o rosto à altura de seus olhos. Deve-se evitar essa tendência porque anões e liliputianos acham isso aborrecido e humilhante. A idéia me passou pela cabeça antes de eu concluir que naquele momento a situação era outra. Agachei-me ao lado dele.

— Você se machucou? — perguntei.

Ele sacudiu a cabeça. Sua mão ainda descansava na grade e agora eu via que ela estava justamente acima de uma ponta aguçada. Levantou a cabeça, seguiu meu olhar e sorriu. Como se já bastasse, endireitou as costas, soltou um suspiro e tirou a mão da ponta de ferro.

— Veja só — disse ele, e mostrou a palma da mão. Havia um pontinho vermelho no meio, mas a pele estava intacta.

— Bonito — disse ele —, muito bonito. Um verdadeiro estigma. Realmente, é muito simbólico.

Riu zombeteiramente e ri com ele. Gosto de pessoas sensíveis a símbolos, e eu tinha a sensação de que sua risada por causa do "estigma" tinha algo a ver com seu comportamento perante Stefan Duden. Ajudei-o a levantar-se e, justamente quando queria lembrá-lo de que ele tinha ficado com minha caneta, deu-me um tapinha no ombro e disse:

— Teresa, consolo dos enfermos, você merece um drinque.

Assim, naquela tarde, fui parar num pequeno café no Hoogstraat, onde o rapaz se apresentou.

— Daniel Daalmeyer, epiléptico. Trinta e dois anos, epiléptico há nove anos, dos quais os sete primeiros extremamente ativos e no momento epiléptico em descanso.

Contou que nunca sabia se algo o fazia tropeçar ou se tinha um momento de "ausência" e, para evitar o ataque, já dobrava os joelhos de antemão, para se adiantar ao tombo. Na verdade, nem precisava disso. Os medicamentos estavam cada vez melhores e ataques epilépticos de verdade, como ele os tivera antigamente, já não aconteciam há dois anos. Acreditava que no decorrer dos anos sua cabeça tinha se condicionado a reprimir a queda, mas que seu corpo se negava a confiar cegamente no efeito das pílulas. O corpo mantinha-se arraigado ao velho costume e não acompanhava o cérebro. Principalmente suas pernas se mostravam arredias ao aprendizado e eram desconfiadas. Elas entendiam pouco sobre seus estados de espírito e para elas o menor sinal de emoção era um arauto da queda. Suas pernas classificavam o medo e a agitação como uma coisa só, e isso servia como sinal para amolecer.

No começo da conversa, dava a impressão de estar cansado, mas à medida que falava, os olhos de Daniel foram ficando cada vez mais brilhantes. Sua voz foi se tornando mais clara e principalmente mais aguda.

Falava sobre sua doença como sobre um ser com vontade própria, que em determinado momento, sem pedir licença, havia se juntado a ele para nunca mais ir embora. Passou a gostar dela à sua maneira. Graças a esse ser ele tinha se tornado alguém para o qual podia olhar com espanto, que o deixava curioso porque seu próprio comportamento se tornara imprevisível para ele. Algumas vezes voltava a si em lugares desconhecidos, rodeado por pessoas atenciosas que nunca tinha visto na vida. As coisas simplesmente aconteciam, mas o grande organizador daquilo que lhe acontecia não estava fora, mas sim dentro dele próprio. Gostava incondicionalmente mais daquele ser do que jamais tinha gostado de alguém. Dava-lhe a permissão, sem um pingo de inveja, de ter o prazer de zombar dele, enganar seus nervos e fazer bagunça com seus músculos. Lá dentro o ser colocava cuidadosamente em cena situações engraçadas, mesmo que os medicamentos tivessem providenciado para que estas agora não fossem mais do que algumas competições entre movimentos falsos.

— É uma fadinha malvada e às vezes a imagino sentada na beira da minha hipófise, gargalhando enquanto dá palmadas nas coxas. Ela se diverte comigo mais do que qualquer uma jamais se divertiu, isso posso lhe assegurar. Naturalmente, nos últimos anos, isso diminuiu e não há mais muito a fazer comigo. É esquisito, mas às vezes acho que é uma pena. Os medicamentos são uma bênção e ao mesmo tempo destruíram algo entre aquela fada e mim. Às vezes temo que ela tenha desaparecido completamente e que os medicamentos a tenham aniquilado, mas num dia como hoje sei que ela ainda vive e que a originalidade de seu senso de humor não diminuiu. Estou apaixonado pelos ataques epilépticos — riu ele, e acrescentou: — Viva a doença! Pediu outro copo de cerveja para si e um de vinho tinto para mim.

Acontece-me com alguma freqüência encontrar alguém pela primeira vez e me perguntar se poderia me apaixonar por aquele homem. Se a pergunta aparece, isso indica que já não é mais necessária, porque não irei me apaixonar. Daniel Daalmeyer era bonito de uma maneira que somente aprendi a apreciar através dos olhos de outras mulheres. Como alguém que no decorrer de sua vida aprende a achar bonito a arte moderna, quadros sobre a fertilidade africana ou poesias: é assim que eu deveria ter aprendido a olhar para a beleza masculina. Eu própria não tinha olhos para isso.

Desde o momento em que fui para o ginásio, onde as classes eram compostas tanto de meninas como de meninos, minhas colegas precisavam me avisar quando alguém estava apaixonado por mim. Eu não percebia nada porque mal dava atenção aos garotos da classe. Geralmente estava apaixonada pelo professor. Professores raramente eram bonitos, mas sabiam muito e tinham lido livros. Pelo fato de os amores serem secretos e eu os esconder das minhas amigas, nunca podia explicar-lhes por que não me apaixonava pelos garotos que estavam apaixonados por mim. Mas ele tem olhos tão bonitos, diziam elas, cabelo encaracolado tão encantador, uma risada tão brincalhona! Mais tarde eu via que o garoto realmente possuía tudo o que as meninas tinham descrito, mas a meus olhos isso não o tornava melhor. Apresentava o defeito que o fazia desinteressante para mim: era jovem.

Daniel tinha cabelo castanho e liso. Quando mexia a cabeça, este sempre caia para a frente. Era repartido no meio e quando descia como uma cortina sobre seus olhos, ele puxava as duas pesadas mechas para trás com a mão; elas paravam por um instante em cima da cabeça e depois caíam novamente para diante. Seu rosto era estreito e bem regular. Dois ossos ressaltados na face e olhos levemente amendoados lhe davam uma aparência indiana, completada por uma bonita pele dourada. Daniel Daalmeyer era bonito, até muito bonito, mas Daniel Daalmeyer era jovem.

Jovem não é uma palavra relacionada com idade, porque Daniel era mais velho do que eu. Jovem é um conceito.

— Conta, conta — pedi a Daniel quando ele voltou com a bebida. A história sobre sua doença tinha me encantado e sua imagem da fada me dera o que pensar. Eu estava novamente procurando clareza sobre algo que para mim precisava muito estar claro.

Aos vinte e quatro anos ele tinha tido o primeiro ataque. Estudava medicina, fazia um curso noturno de pintura na academia de Ritveld, participava de um grupo de teatro e era infeliz. Sentia que poderia ser qualquer coisa que quisesse e não conseguia se decidir por nenhuma das possibilidades. Clínico geral, cirurgião, psiquiatra, pintor, ator, regente, em qualquer delas sentia que poderia obter muito sucesso, mas apenas se conseguisse escolher. Tinha a mesma facilidade para retalhar, pintar e interpretar, por isso achava que não tinha sentido, pois tudo que estudava já conhecia. Sua vida parecia um pote de cacos brilhantes, no qual apenas reconhecia fragmentos de si mesmo, nunca a pessoa por inteiro. Tinha um único desejo: tornar-se inteiro, unir seus pedaços e juntar tudo em um único ponto.

— Então ela apareceu.

A epilepsia tinha sido sua salvação; desde que aparecera, sua vida passara a existir em função dela. Fazia dele um homem de uma peça só. Ela unira aquelas que, até então, tinham sido suas possibilidades: a medicina e a arte. Agora só se interessava por filósofos e escritores que tivessem algo a dizer sobre doença, lia biografias e autobiografias daqueles que tivessem apresentado não importa que anormalidade, esmiuçava enciclopédias médicas do começo ao fim e se deliciava principalmente com as teorias sobre sua própria doença, ao mesmo tempo que não negligenciava as teorias sobre a dos outros. Como epiléptico, tinha se tornado o foco da própria vida e o objeto mais importante de seu estudo.

— Você não tem nenhuma doença interessante, Teresa? — perguntou de repente. — Isso a tornaria muito mais interessante para mim.

Fiquei vermelha. Por quê? Queria eu, por acaso, me interessar por ele? Era estranho que me chamasse de Teresa, quando eu já tinha me apresentado a ele de modo bem claro. Ou seria porque a pergunta me surpreendera, atrapalhara demais meu prazer de ouvir e, além do mais, eliminara meu propósito de perguntar-lhe, o mais rápido possível, qual a sua relação com o homem que, naquela tarde, palestrara sobre *A Montanha Mágica*?

Também pode ser que eu não tivesse nada com que competir com a poesia da epilepsia. Qualquer outra doença não era nada em comparação com essa, e eu era extremamente saudável. Apenas estava em tratamento, já desde meus dezoito anos, com um clínico-geral, mas nunca considerara meus problemas de pele como uma doença; no pior dos casos, era um incômodo.

— Não — respondi —, não tenho nenhuma doença interessante, mas meu invólucro não é dos melhores.

— Maravilhoso — gritou Daniel alto —, sarna, eczema, psoríase, acne, furúnculos, feridas, verrugas, hemorróidas, coceira, descamações, doenças de pele, falhas na superfície do tecido, muito interessante! Sério! — acrescentou, quando olhei para ele com espanto.

— As doenças de pele são, essencialmente, a marca de individualistas ambivalentes, digo, de superindividualistas. Há muito o que dizer a respeito, e não ficam devendo nada à minha doença quanto ao mistério, apesar de os filósofos considerarem esta menos prendada. Mesmo assim, há uma boa quantidade de metáforas, mitos e especulações sobre o assunto. Fiquei irritadíssimo com nossa querida Susan Sontag. Lá vai ela criar polêmica sobre as metáforas da doença, como se a doença já não fosse suficientemente difícil de suportar. A única coisa que faz a doença valer a pena é a cristalização da pessoa numa metáfora de grande amplitude.

Apenas por meio das metáforas pode-se ter todos os tipos de experiência com relação à doença, e graças a elas você encontra elementos que normalmente não encontraria, os anjos ou demônios, conforme o caso.

— E eu, a que categoria pertenço?

— Veja, sob certo aspecto você e eu, conforme a lógica de nossas doenças, somos diametralmente opostos: o mecanismo oculto e sombrio do cérebro, em oposição ao exibicionismo visível e insolente da pele. Nós, os epilépticos, estamos entregues à compaixão do nosso meio ambiente. Na realidade, deveria ser-nos indiferente o que os outros pensam de nós, porque nós nos viramos do avesso, sem pudor, quando é necessário. Se a maneira como os outros o vêem — o corpo se contorcendo enquanto a cabeça se agita, a boca cheia de espuma e os olhos revirados nas órbitas — o incomoda demais, nesse caso é melhor escolher outra doença porque, como epiléptico, você vai ter uma vida horrível. Você cai e confia em que sempre haja pessoas que o amparem, que o levantem do chão. No fundo, é isso.

Estranho porque as aparências estão contra nós — cada doença tem contra si a própria aparência. O que parece ser uma doença misteriosa, na verdade, é uma doença que se exterioriza de uma maneira escandalosa e sem pudor. A epilepsia desnuda sem pudor aos olhos do mundo exterior o seu ser mais profundo, queira você ou não. Não há o que esconder. Bem, diametralmente opostas a essa doença teatral, com sua fonte invisível, estão as doenças da pele, doenças do exterior, portanto. Se você me permite fazer uso da metáfora do teatro, o alvo de olhares é justamente aquele que tem doenças de pele. Um rosto cheio de espinhas é uma maquiagem irremovível. A doença externa se faz reconhecer logo, não há o que esconder. No entanto, essa infecção exposta da armadura é conhecida como a doença das pessoas excepcionalmente introvertidas e desconfiadas. Seria um grande engano pensar que as doenças de pele aparecem por causa de algo como uma pele fina, super-sensível, por onde a sujeira do mundo entra fácil demais, e o doente tem pouca resistência contra as influências prejudiciais do mundo exterior. Também o contrário neste caso é verdadeiro, Teresa. Doenças de pele surgem justamente naquelas pessoas que se armam contra o mundo e que querem cultivar uma calosidade tão grande nas suas almas que nunca ninguém realmente consiga penetrar nelas. Pessoas com doenças de pele não rejeitam suas células mortas, constroem sistematicamente uma pele de elefante e é justamente essa pele grossa que acaba sendo uma estufa apropriada para inchaços, inflamações, coceira, furúnculos e pústulas. A pele é tão grossa que sufoca as coisas lá dentro e corta o acesso de tudo que precisa de espaço e ar. Em poucas palavras, aquilo que é uma doença totalmente visível, exterior e aparente, é justamente a doença de quem esconde. Você também é uma dessas mulheres veladas. Estou certo ou não?

Eu estava espantada demais com essa interpretação da doença para conseguir pensar se estava certo ou não. A palavra "véu" poderia me extasiar, por isso eu estava quase contente com doenças nas quais havia tanta coisa a analisar. Onde isso tudo estava escrito? Como é que alguém adquiria tal tipo de conhecimento? Pedi a Daniel títulos, autores, professores que pudessem me dar aulas de medicina.

— O livro onde tudo isso está escrito ainda não existe — respondeu Daniel —, é o resultado da minha vida como epiléptico. Temo que o único que pode escrevê-lo seja eu. Através de todas aquelas histórias sobre doenças, que li tão avidamente, o paradoxo do doente tornou-se claro para mim. O doente parece estar sempre sendo vencido por aquilo de que justamente precisa para proteger seu ponto mais vulnerável. O esquema de vida de Hegel é a cópia fiel da biografia do doente.

Nossos copos estavam vazios de novo e o bar ia ficando mais movimentado. Perguntei a Daniel se ainda queria uma saideira e, encostada ao balcão, me recuperei da sua história e de seu fluxo ininterrupto de palavras. Parecia que Daniel ainda poderia continuar naquele ritmo por horas a fio. Ele — não menos que eu — deliciava-se com suas próprias explicações e às vezes eu tinha a impressão de que ele descobria novas inter-relações ali mesmo e, animado com suas próprias descobertas, ia chegando cada vez mais perto da verdade sobre o assunto do qual mais gostava: o próprio Daniel Daalmeyer.

Voltei à mesa com o vinho e a cerveja. Mas agora ele parecia apagado e a conversa não engatou mais. Ele tinha perdido o fio de sua história e não conseguiu voltar ao ritmo que o fizera discorrer de uma maneira tão envolvente. Ainda trocamos algumas informações sobre há quanto tempo estudávamos, nossas outras atividades, nossos endereços. Ele parecia morar não muito longe de mim e me convidou para jantar no fim de semana. Peguei a agenda e de repente me lembrei de novo da caneta.

— Você ainda deve ter minha caneta em algum lugar — disse, e me envergonhei um pouco. Pensei novamente nos acontecimentos da sala de aula, no seu comportamento incompreensível perante Stefan Duden. Eu tinha deixado passar o momento certo de perguntar a respeito daquilo.

Eram quinze para as sete. Eu tinha calculado quinze minutos para o trajeto da minha casa à residência de Daniel Daalmeyer. Pelo Haarlemerdijk eu poderia atravessar para a ilha de Bickers e procurar tranqüilamente o armazém que Daniel havia mencionado.

Ainda não conhecia o costume segundo o qual a mulher deve atrasar de dez minutos a meia hora para o encontro combinado com um homem. Eu sempre era muito pontual.

As Leis 49

Estava curiosa sobre que aparência teria sua casa e que espécie de refeição ele preparara. Essas coisas costumam lançar alguma luz sobre o jeito de uma pessoa.

O número 162 era de um prédio grande. As janelas tinham venezianas, com sua tinta verde-escura descascando aqui e ali. Pela quantidade de campainhas, moravam mais de dez pessoas na casa. Procurei pelo nome de Daniel. Enquanto meus olhos registravam rapidamente os nomes, um por um, de repente pararam num que eu conhecia: Duden.

"Então é por isso", pensei, apesar de não saber de que causalidade se tratava. A leitura daquele nome evocou em mim uma tensão estranha, a mesma tensão que sentira no auditório e que conseguia explicar.

Embaixo de Duden estava escrito DD, sem pontos. Como poderiam bem ser as iniciais de outra pessoa, segui a lista, mas não vi em nenhum lugar o nome Daniel Daalmeyer; portanto, toquei a campainha no DD. Fui tirando a garrafa de vinho da bolsa. Como a porta não se abriu, precisei calar uma sensação de medo. Talvez não tivesse apertado a campainha com bastante força. Tentei mais uma vez, calcando fundo o botão branco. Ao mesmo tempo tentei ouvir o som da campainha, mas não ouvi. Recuei alguns passos e pude ver a parte mais alta da fachada do prédio, as janelas, mas não percebi nenhum movimento atrás das venezianas abertas; as fechadas permaneceram fechadas.

Com uma estranha sensação no estômago toquei mais uma vez a campainha, já sem ânimo e com o propósito de ir logo embora porque me senti observada por toda a espécie de olhos invisíveis. E fui colocando a garrafa de vinho de volta na minha bolsa, para parecer menos ridícula.

Será que ele se esquecera do que tínhamos combinado? Ou eu teria me enganado e o convite era para o próximo domingo? Ou será que acontecera alguma coisa que impossibilitara o encontro e ele se esquecera de meu nome — e assim, uma lista telefônica não serviria para nada — e ele não pudera me localizar?

Uma coisa na qual eu não queria pensar, mas que justamente agora me vinha à cabeça com grande nitidez, era que Daniel poderia estar no momento se contorcendo no chão de sua casa, com espuma nos lábios, a porta trancada e ninguém por perto para ajudá-lo.

Simplesmente não suporto quando as coisas não acontecem conforme o previsto.

É como descer uma escada e se enganar na quantidade de degraus. Você pensa que ainda resta um degrau e esse pensamento também está nos músculos das suas pernas. No entanto você já chegou. Seu pé pisa com um tranco no mesmo ponto, um passo violento no mesmo lugar, e toda a concentração dos músculos se torna totalmente desnecessária e ridícula. E é assim também que você se sente. Uma coisa dessas me deixa furiosa.

Depois de olhar mais uma vez para cima, dei as costas e ia retornar pelo mesmo caminho quando ouvi alguém dizer "Olá?" Numa das janelas abertas apareceu a cabeça do homem que tinha feito a palestra.

— Vim visitar Daniel Daalmeyer — gritei —, marcamos um encontro, mas ele não está.

— Um momento — respondeu ele e sua cabeça sumiu da janela.

Alguns momentos depois a porta se abriu. Entrei num corredor largo e escuro. "Dois lances de escada", gritou uma voz; eu estava justamente tateando o primeiro degrau quando alguém lá em cima acendeu a luz. Duden me esperava no final do segundo lance de escada. Estendeu-me a mão.

— Oi, sou Stefan. Muito prazer. Minha mulher foi lá em cima para ver se Daniel realmente não está em casa. Enquanto isso, entre por um instante, se quiser.

Além de não gostar que estranhos se preocupem comigo, a situação me deixou envergonhada, mas como sou sobretudo curiosa, tomei a frente e entrei no corredor da residência. Esperei ali até que ele tivesse fechado a porta atrás de si e me conduzisse à sala.

A sala de estar era tão grande quanto um salão de baile

As Leis   51

e decorada de uma tal maneira que provocava exclamações de admiração. Também eu as proferi. Parecia um museu, cheio de objetos em estilo Art Nouveau. O chão era de tábuas de madeira clara, ao longo de duas paredes havia estantes de livros e para onde quer que eu olhasse, lá estava o estilo rebuscado do Art Nouveau. Móveis, mesas, espelhos, lâmpadas, estatuetas sobre pedestais de mármore, pinturas nas paredes.

— Bonita casa — disse eu —, muito bom gosto.

— Sim, estamos realmente muito felizes com ela.

A situação não era apropriada para observar tudo detalhadamente. A partir do sofá, onde tinha me sentado, procurava investigar o quanto podia. Ele perguntou se eu queria beber alguma coisa e respondi que não queria incomodá-los.

— Visitas inesperadas não nos incomodam — tranqüilizou-me ele —, e os amigos de Daniel também sabem que são sempre bem-vindos aqui.

Depois me deixou à vontade e enumerou as bebidas dentre as quais eu poderia fazer uma escolha. Campari. Foi até um armário de pinho marchetado.

— Vou pegar um pouco de gelo na cozinha — disse, e saiu pelo corredor com os dois copos cheios. Ouvi a porta da sala abrir e fechar e depois uma voz de mulher. Falavam em tom baixo. Não entendi o que disseram um para o outro. Foi uma pena.

Antes que Duden voltasse com as bebidas, uma mulher esbelta entrou tempestuosamente na sala, caminhou na minha direção com passos firmes e fez sinais de longe para que eu ficasse tranqüilamente sentada. Apertou com firmeza minha mão dizendo que seu nome era Lisa e que, inexplicavelmente, ninguém atendia na casa de Daniel.

— Isso não é do feitio de DD — disse ela, e atrás de uma torrente de palavras tentava esconder a intensidade com que me analisava. — Uma vez que ele marca um encontro, nunca o esquece, portanto eu também não sei o que aconteceu. Vocês já se conhecem há muito tempo?

Com abundância de palavras expliquei-lhe que conhecia Daniel há pouco tempo e dei a entender que apenas freqüentávamos a mesma universidade, não tendo outra coisa na cabeça a não ser filosofia e outros assuntos abstratos.

Por uma razão qualquer achei que deveria deixá-la despreocupada.

Temo não saber lidar bem com mulheres. Elas me deixam insegura e quando me sinto insegura só digo coisas que acho que a outra pessoa gostaria imensamente de ouvir. É quando deixo de raciocinar. Por outro lado, as mulheres também me dão a impressão de que querem me acalmar e, por sua vez, dizem coisas que acham que eu teria prazer em ouvir. É claro que isso não leva a nada.

A partir do momento em que a mulher entrou senti-me inquieta, atraída para uma armadilha. Já não me perguntava mais sobre o paradeiro de Daniel, porque nosso encontro tinha fracassado, mas sim como ele reagiria à minha visita a Duden e sua mulher. Tive a impressão de que isso iria aborrecê-lo.

Finalmente comecei:

— Por que o senhor se interessa tanto...

— Você — interrompeu Stefan Duden.

— Desculpe, sim... você. Você se interessa tanto por aquele Thomas Mann?

— Como assim, aquele Thomas Mann? — perguntou ele, e me olhou com um sorriso simpático. — Então você não gosta daquele Thomas Mann?

— Para ser sincera, não — confessei e então pensei que não teria dificuldade nenhuma em tratá-lo por Stefan e você. Apesar de ser um mestre, faltava-lhe autoridade. Era jovem demais e algo nele, um que de comportado e calculado, fazia com que permanecesse um eterno estudante. Tive vontade de, em definitivo, dar-lhe uma bela nota baixa.

— Acho-o muito complicado e enfadonho. Seus romances me aborrecem e o que há nos ensaios dele pode ser encontrado em outros escritores, e melhor. Também o acho pedante. A meu ver, quer apenas mostrar que leu muitos livros e ainda é capaz de fazer alguma coisa com todas aquelas filosofias e teorias. Também acho que os romances não são bons.

— Sim, essa queixa contra Thomas Mann ouve-se com alguma freqüência, mas aquilo que para um torna os seus livros insuportáveis, para outro é justamente o mais atraente. Pessoalmente, gosto muito do entrelaçado entre filosofia e literatura, e da mistura de diferentes tipos de textos. Na verdade, Mann mostra como um intelectual, durante um período muito marcante de nosso século, lidava com o conhecimento da época. Seus romances são um depósito das idéias do começo do século XX e estão imbuídos de uma forma específica da problemática de identidade, que se origina numa série de dados históricos. Naturalmente o próprio Mann, como indivíduo, também se empenhava com afinco no problema da própria identidade, mas acho que conseguiu trazer as pessoas para um plano mais elevado, transformando em literatura mundial o seu próprio problema de identidade.

Enquanto Duden falava, Lisa saiu da sala. Isso me deixou preocupada, pois estava com medo de não ter agido como deveria. Quando você lida com um casal, precisa dividir a atenção em partes iguais. Antes de se dar conta, você se concentra no que fala mais e a terceira pessoa passa a se sentir excluída e menos importante.

Resolvi que perguntaria a Lisa sobre suas atividades logo depois. Realmente, estava curiosa sobre isso, mas infelizmente não consigo fazer tudo ao mesmo tempo.

— Bem, o problema da identidade me atrai, aliás, também da maneira como é tratado por outros escritores. O que eu admiro em Mann é como ele uniu esse assunto aos seus três temas principais: a doença, a morte e o ser-artista.

Lisa voltou da cozinha e colocou uma travessinha de azeitonas sobre a mesa de centro.

— Justamente isso é que é estranho naquele Mann —

disse eu. — Tudo o que se diz dele acho muito mais interessante do que seus próprios romances. O mesmo me acontece em relação a esse curso na faculdade. Toda vez ouço algo novo, que me faz pensar que afinal deveria ler *A Montanha Mágica* por inteiro, de uma vez por todas, porque aparentemente também trata de muitos assuntos que me interessam. Mas não os encontro quando releio o romance. Depois de umas dez páginas já vi o bastante para parar de novo. Simplesmente não consigo ler tudo. Você também se ocupa com literatura? — perguntei logo em seguida a Lisa.

— Não — disse ela rindo —; às vezes se parece com isso, mas é um pouco diferente.

Mas não disse o que era.

Portanto, perguntei.

Psiquiatra.

Será que alguma vez alguém entendeu, compreendeu realmente por que as pessoas ficam vermelhas? Quem? Talvez as pessoas se tornem psiquiatras por estarem viciadas no pânico sufocante que causam quando contam o que são.

De vez em quando se escuta falar de pessoas que sofreram um acidente muito sério e, pouco antes do momento em que pensavam morrer, viram toda a vida passar por elas como no faiscar de um raio. Algo parecido me aconteceu naquele instante, só que foi a projeção não de toda a minha vida, mas do curto período desde que a mulher entrara na sala. Como eu tinha me comportado? O que poderia se deduzir disso? O que pensava ela sobre minhas unhas roídas? Será que minha mão estava úmida quando nos apresentamos? Estava eu rindo demais ou de menos? Será que ela entendeu por que eu tinha corado?

Justamente quando senti que ficaria cada vez mais vermelha, a ponto de achar que teria que pedir licença, ouviu-se um barulho à porta.

— Aí está o filho pródigo — disse Stefan, e levantou-se. Lisa foi mais rápida e já estava a caminho da porta.

— Vocês viram a pequena Teresa? — ouvi Daniel perguntar em voz alta e risonha. Lisa passou a falar bem mais baixo. Não consegui ouvir o que ela dizia. Curvei-me para pegar minha bolsa do chão, levantei-me, agradeci a Stefan pela amigável recepção e me dirigi para o corredor. Ele me seguiu. Daniel estava na entrada da porta e interrompeu Lisa no meio da frase para me cumprimentar.

— Vamos? — perguntou, erguendo no ar um saco plástico. — Jantar para dois.

— Obrigada novamente — disse eu, e também estendi a mão a Lisa. Ela olhou para mim sem mover o rosto, o que me fez sentir pouco à vontade e ao mesmo tempo achar que ela adquirira um ar misterioso. Sem prestar mais atenção a Lisa ou Stefan, Daniel virou-lhes as costas e saiu andando em direção à larga escadaria.

Quanto mais inconvenientes as pessoas são, maior minha impressão de que devo ser bastante correta. Acenei novamente com simpatia para o casal, dizendo mais uma vez "Obrigada" e "Muito prazer em conhecê-los", e depois segui Daniel, que já tinha subido a metade da escada para o andar de cima, onde ficou esperando por mim.

— Foi muito ruim? — perguntou, enquanto eu continuava a subir. Não sei se ele se referia à espera forçada ou à curta permanência na casa de seus amigos. Não respondi.

Antes de abrir a porta com um empurrão, ele já tinha dito que me decepcionaria um pouco, depois do luxuoso salão de exposição dos Dudens.

Decepcionar não era bem a palavra. Decepcionar-se está ligado a grandes expectativas e existe uma diferença entre ter expectativas e estar curioso.

Daniel ocupava, conforme entendi pouco depois, o depósito de Lisa e Stefan. O enorme sótão do armazém fora separado, por divisórias de madeira, em vários depósitos, que pertenciam aos apartamentos dos moradores. Lisa e Stefan, "meus benfeitores", tinham cedido a Daniel seu espaço no sótão e providenciado para que ele também pudesse usar o quartinho adjacente de um dos vizinhos. Tinham transformado o espaço vazio num quarto habitável, com área que correspondia à residência de um cômodo, como a de muitos estudantes na cidade.

Ele explicou tudo isso um tanto apressadamente, para poder falar logo sobre algo que não fosse a sua amizade com Lisa e Stefan Duden. Por isso eu teria que confiar na minha tática, se quisesse ficar sabendo o mais possível sobre o que unia aquelas três pessoas. Sei ser muito persistente nessas coisas, quando é preciso.

É claro que acontecera novamente o que lhe acontecia com freqüência: tinha se esquecido de reabastecer o estoque de comprimidos para o final de semana, descobrira isso meia hora antes da minha chegada e fora rapidamente, de bicicleta, à casa de seu pai. "O médico-poeta", como Daniel o chamava, um psiquiatra e, ao mesmo tempo, um dos médicos que cuidavam dele.

— É uma relação pai-filho doentia — disse. — Isso você não precisa me dizer. Já li Freud quanto baste.

De qualquer maneira, em um dos canais onde seu pai tinha o consultório e ocupava o resto da casa como residência, ele sempre podia contar com um estoque de emergência. Desde que seu pai passara a escrever poesias e arrumara uma jovem namorada, não saía mais de casa.

Quando chegou lá, não escapou da costumeira ladainha do pai que achava que ele esquecia as pílulas de propósito, que queria estar doente e assim por diante; o tempo era curto e ficara ainda menor; a certa altura ele se dera conta disso e tivera certeza de que chegaria atrasado ao nosso encontro.

— Quando percebo que não tem mais jeito, relaxo completamente.

Na volta ainda comprara duas pizzas. Estava certo de que não nos desencontraríamos: "Estou cercado por anjos protetores".

Insinuei-lhe que, da próxima vez, contasse um pouco

menos com a proteção deles, no que se referia a mim. Por um instante fiquei de mau humor. Não gosto muito de pizza.

Havia poucos móveis no seu cômodo, mas os que havia eram antigos. Devem ser os móveis rejeitados pelos pais, pensei, e imaginei como seria, para uma criança, crescer em cômodos elegantes.

No vilarejo onde nasci a maioria das pessoas era humilde, como meus pais. Poucas eram as pessoas importantes: o prefeito, o médico, o tabelião e alguns nobres, que moravam em castelos nos arredores. Os filhos das pessoas importantes eram diferentes. Não corriam, andavam de cabeça erguida e esfolavam os joelhos com menos freqüência. Também tinham outro tipo de brinquedos. Nós tínhamos piões, bolas e elásticos. Eles tinham o diabolô[2], uma educação aristocrática, e mais tarde ganhavam um cavalo.

A partir dos dez anos de idade, as crianças de nossa condição tocavam na orquestra, tinham aulas de piano em casa e aos domingos escutavam *Pedro e o Lobo*. Via-se logo que havia diferenças. Mas nós éramos a maioria, e nossa força e orgulho provinham do fato de pertencermos à maioria.

Olhando para trás, isso me parece esquisito.

Todos os filhos de pessoas importantes do país estavam reunidos na universidade e agora eram a maioria. Todos tinham uma educação aristocrática e conheciam *Pedro e o Lobo* de trás para a frente. Contavam histórias sobre a decadência da aristocracia. Algumas eram muito engraçadas; tudo depende de como são contadas.

Eu deveria ter procurado por alguém como eu. Isso eu não fiz.

Preferi não encontrar alguém como eu.

---

[2] Brinquedo que consiste em aparar num cordel atado pelas pontas a duas varas uma espécie de carretel com o centro mais fino que o resto, que se atira no ar. (N. da T.)

Pertencer à minoria me dava forças.

Eu não entendia o sentido da palavra decadência. Afinal, o que é que nós tínhamos que poderia entrar em decadência? Nada mais que nosso corpo, mas isso também valia para eles porque a morte não conhece exceções. A morte existe para todos. E não era isso o que os outros queriam dizer quando falavam sobre decadência.

Daniel se ocupava dos pratos, talheres e pizza da mesma maneira como o tinha visto escrever, antes do início da palestra de Duden. Concentrava-se totalmente nas suas atividades, fixava os olhos sobre as coisas que tinha nas mãos e parecia esquecer completamente o que estava à sua volta. Comia do mesmo jeito, olhando fixamente para o prato, com um pedaço de pizza na mão.

Guardo muitas lembranças de refeições e me lembro de às vezes ter ficado feliz quando terminavam. Tenho a mesma lembrança da noite com Daniel.

Só consegui relaxar novamente quando voltamos a nos sentar um na frente do outro, cada qual afundado numa poltrona e com um copo de vinho na mão.

Observei-o e achei-o bonito. Achei que gostaria de ter um corpo como o de Daniel: ossudo, alto, quadris estreitos, ombros largos e tudo revestido por uma pele forte, bronzeada e lisa. Há pouco, enquanto ele subia a escada à minha frente, me surpreendera imitando seu jeito de andar, a maneira desleixada como atirava as pernas para a frente enquanto o tronco acompanhava o ritmo daquele passo leve. Usava uma jaqueta de couro de motoqueiro. Logo que entrou, jogou-a displicentemente numa cadeira.

Perguntei se podia prová-la.

Podia.

— Tem cheiro característico de rapaz — disse a Daniel, porque achava meio vergonhoso estar me observando em silêncio no espelho. Sentia-me corajosa e inviolável, e me pro-

As Leis

pus sair logo à procura de uma jaqueta igual àquela. A decisão me deixou excitada.

Daniel mal prestara atenção à sessão de troca de roupas. Estava agachado diante de um pacote de papéis no chão.

— Fiz um pouco de trabalho de pesquisa, Teresa — disse ele.

Voltei novamente à minha poltrona. Ele veio sentar-se no braço da minha poltrona com um artigo na mão, e curvou-se para a frente para lermos juntos alguns trechos que já tinha marcado antes. Tratavam de linguagem, doença e pensamento. Alguém tinha feito uma pesquisa com pessoas que sofriam de doenças de pele, e Daniel disse que estava muito curioso para saber se eu me reconheceria numa determinada descrição de caráter. Passou-me o artigo e, enquanto eu lia, encostou-se em mim para lermos juntos.

Quase não consegui me concentrar nas frases.

Diziam algo sobre a idéia de ser atormentado constantemente pelo mundo, sobre sentimentos irreais de independência e individualidade, e a agonia que se experimenta quando as autoridades ameaçam individualidades ostensivas. Apesar de opor-me ao jargão, assustei-me com o conteúdo. Gostaria de ter podido ler o artigo em paz, se tivesse podido me sentir à vontade, sem o nervosismo com que meus olhos agora corriam sobre as letras. Um leitor é indefeso.

Como eu queria que Daniel saísse do braço de minha cadeira, coloquei o artigo de volta na cadeira dele e disse que achava um exagero fazer tamanha bagunça com a alma por causa de uma pústula.

Em vez de ficar ofendido, Daniel riu e segurou meu queixo. Queria puxá-lo para si. Eu não queria deixar.

— Não — disse eu.

— Por que não?

— A meu ver, você não dá nada pelo amor — expliquei.

— E quem disse que estou fazendo isso por amor? — perguntou ele.

Isso me fez rir.

— Por isso mesmo — respondi.

Isso o fez rir também.

— Doutora mística — disse ele, e depois disso encerramos o assunto. Estava contente por ele não ter passado horas na cozinha preparando uma bela refeição para mim, apresentando-me um prato gostoso após outro, servidos com orgulho em travessas gastas, com enfeites comoventes e bobos e finalizando tudo com uma sobremesa. Eu não teria suportado isso. Teria sido mais difícil dizer não.

Naquela noite tudo o que fiquei sabendo sobre sua amizade com Lisa e Stefan é que em outros tempos tinham formado um belo *Dreigestirn*, como dizia Daniel.

— Ela gosta de mim porque estou doente, ele gosta dela mais ainda quando ela gosta de alguém que está doente, e como há muito tempo não me pergunto se gosto de alguém, para mim está tudo bem. História banal, triângulo amoroso, todo o relacionamento amoroso é interceptado e exige uma terceira pessoa como clichê do desejo. Não vale a pena pensar a respeito.

Não quis esticar o assunto.

Usou o mesmo tom ríspido quando lhe perguntei sobre seu pai. Contrariado, disse que seu pai o presenteara com a chateação de um nome aliterado.

— E minha irmã chama-se Dana, portanto você pode imaginar como são essas poesias. Elas falavam sobre emoções e estados de espírito, mas nós não acreditávamos nisso porque apenas existia nas suas poesias. "Bem que você gostaria de vivenciar aquilo que está nas suas poesias", eu pensava sempre. Ele queria tanto poder sentir o que sentem todos aqueles infelizes que vêm lhe contar suas estórias sobre a loucura total, com sua visão exaltada do mundo e suas fantasias surpreendentes! Mas aquele homem não tem coragem nem de sair sozinho à rua, muito menos tem ânimo para entregar o controle a outro e abandonar-se à bagunça na sua cabeça.

As Leis

Olhou para mim e disse:

— Já basta sobre o médico, Teresa. Você já esteve alguma vez num espremedor de almas? Com certeza ficaria muito impressionada com meu pai. As mulheres o adoram. Acham que ele tem uma personalidade envolvente e fascinante, pois fala pouco, e quando fala alguma coisa é sobre suas próprias alminhas. Não é disso que as mulheres tanto gostam, de homens calados, que o dia inteiro não têm outra coisa na cabeça senão o estado de sua alma feminina? Verdade ou não?

Sendo mulher, o que responder a isso?

— Mas talvez você não goste dele. Vocês se parecem muito. Você também consegue ouvir de uma maneira muito envolvente.

Senti diversas vezes o ódio emergir em Daniel e desaparecer totalmente no minuto seguinte, trazendo depois uma grande sensação de alívio. Não sabia o que pensar dele. Às vezes o achava desprendido, uma criança zombadora, introvertida, absorta em seu jogo e que ingenuamente espera que as pessoas à sua volta a protejam. Outras vezes o via como um demônio desesperado que contempla o mundo com muita clareza e o compreende como realmente é, com uma intuição quase animal, usando as pessoas sem nenhum escrúpulo. É claro que depois disso menosprezava em segredo aqueles que o tinham ajudado, porque todos os que não percebiam seu jogo eram considerados bobos.

3.
O FILÓSOFO

A entrada do H211 estava situada no ponto mais alto. Ao fundo eu via o círculo em meia-lua, com cadeiras e fileiras contínuas de mesas. Tinha chegado com bastante antecedência, mas as pessoas já ocupavam mais da metade da sala. Elas estavam de costas para mim e pude verificar à vontade se reconhecia as costas de Daniel Daalmeyer. Eu ainda não sabia bem o que iria fazer se realmente o descobrisse, se iria ao seu encontro ou se o evitaria. Estava usando uma jaqueta de motoqueiro como a dele, e temia sua interpretação, sem dúvida sarcástica, sobre minha aquisição.

Cada vez mais pessoas passavam por mim, entrando pelo vão da porta, e aos poucos a sala foi se enchendo. Desisti de procurar Daniel e encaminhei-me para a fileira mais próxima onde ainda não se sentara ninguém.

Sentar-me sozinha numa sala para ouvir um orador é um prazer que conheço de antigamente, quando muitas vezes ia à igreja e me afundava num banco. Todos se reuniam para ficar sozinhos com seus pensamentos. É um acontecimento que não pode ser comparado a nada. Cheguei a esperar o mesmo do teatro, mas num teatro isso não me acontecia. Nunca mais tive a mesma sensação em outro lugar. Eu a tinha na igreja e na classe.

A aula começaria às onze e quinze, mas às onze e vinte e cinco o atril ainda estava vazio. A sala permanecia milagrosamente tranqüila. Havia, sim, um pouco de rebuliço, mas este era abafado por um silêncio cheio de expectativa que eu nunca antes tinha presenciado em aulas. Aqui, vinha-se pela aula e não pelo prazer da companhia ou para encontrar outras pessoas. Na sala esperava-se por um homem que Daniel dizia ser um mito, um gênio de eloqüência e erudição.

— Não é bem uma pessoa com uma filosofia própria, mas em duas horas ele consegue abrir mundos para você, indicar-lhe uma pista e informá-lo sobre uma quantidade de autores e livros que você jamais em sua vida conseguiria ler. Ele consegue criar ligações entre os mais diferentes assuntos, no entanto você cóntinua tendo a impressão de que ele se dirige a você, falando sobre algo que justamente estava sendo alvo de sua atenção.

— O que há de tão legendário no filósofo?

— Não há como não transformar De Waeterlinck em um mito. É inacessível. Como ele consegue eu não sei, mas nega-se a colocar uma única palavra no papel. Desde que foi nomeado professor universitário, nunca mais publicou uma palavra sequer, e dizem que fez de tudo para voltar a ter em mãos cada exemplar impresso de sua tese, para poder destruir tudo. Parece que ele até tem aversão a apor uma assinatura. Assina as provas com uma rubrica ilegível, que muda toda vez, e mais nada.

De Waeterlinck chegou ao atril por uma porta lateral. Algumas pessoas na sala bateram palmas. Era um homem grande, de constituição sólida, com uma cabeça quadrada cheia de cabelos cinzentos. Não sei se desde o primeiro instante em que Daniel falou sobre ele eu esperava por aquilo, ou se o mito tinha feito seu trabalho, mas observei-o sem ficar admirada: De Waeterlinck tinha o tal rosto.

É o rosto que alguns homens usam, como um rosto único, sempre o mesmo. Conheço-o e deparo com ele. É o rosto de um homem público e eu, que pertenço ao público, quero ser designada por ele. Ele deve me escolher acima de todos, destacar-me entre os outros, arrancar-me, destacar-me da multidão na qual me encontro e com a qual não tenho mais paz desde o momento em que o vi. Uma síndrome de Carmen. Só Deus sabe onde arranjei isso.

Ele tomou lugar atrás da mesa e limpou a garganta. Deu-nos boas-vindas. Então ouvi que ele falava flamengo. Não pude acreditar nos meus ouvidos.

— É um prazer notar que novamente a audiência é bem grande. Mas talvez não deva dizê-lo. Se Nietzsche tiver razão, e dor, desespero, melancolia e infelicidade profunda forem a condição *sine qua non* do pensar independente, então minha alegria é sem dúvida indevida. Quem sabe vocês todos aqui presentes, do modo como estão, se achem seriamente desiludidos, tenham constantemente a sensação paranóica de que todos montem armadilhas contra vocês, atraiam-nos e depois lhes viram as costas; ou se sintam totalmente ridículos e insultados por causa de terríveis dúvidas sobre a firmeza de seu caráter, enforcando-se por vingança a fim de castigar os outros pela sua constante traição? Tudo isso é perfeitamente concebível, não é mesmo?

Pois então consolem-se; de qualquer maneira vocês estão no caminho certo porque, conforme o mesmo Nietzsche, quem quiser praticar a arte de pensar não poderá ser poupado dessas coisas. Uma vez dominada, essa arte promete a forma suprema de felicidade, mas não me levem a mal se eu deixar tal promessa por conta do próprio Friedrich Nietzsche e não a fizer pessoalmente a vocês.

Não lhes prometo felicidade. Nem mesmo lhes prometo ensinar a arte de pensar. Não saberia como fazê-lo. Só posso apresentar-lhes alguns dos homens que, esses sim, se consideraram capazes de aliviar a existência de outros. Considero as tentativas deles muito nobres, mas suas diversificações e as diferenças entre si talvez tragam a vocês a sensação desesperada de precisarem vagar em círculos numa floresta sombria de idéias filosóficas, ao invés de lhes fazer experimentar o gosto da felicidade prometida. Não quero que vocês percam o caminho.

Como foi dito, não posso senão guiá-los um pouco por essa floresta. Para encontrar a felicidade, caso ainda acreditem nela, vocês precisarão trilhar outros caminhos.

As Leis

Riu-se timidamente na sala. Não eu. Na verdade, a sensação de finalmente ter encontrado algo que estivera procurando infrutiferamente durante anos me deixou um pouco choramingosa e sentimental.

Pode-se procurar algo que não se sabe o que é?

Eu procurava, sem saber o quê.

Quando encontrar, saberei reconhecer sem saber o que é. Saberei reconhecer porque virá sempre com o mesmo formato, no mesmo invólucro, no feitio de palavras, através do homem que fala com o tal rosto, ou através das palavras no papel, atrás das quais também esse tal rosto se esconde. O homem e as palavras evocam um desejo que eu quero satisfazer e alimentar ao mesmo tempo, que me faz sofrer e me dá prazer, que eu quero sondar e manter como mistério, que às vezes me parece coincidir com a vida, outras com as palavras, não sendo nada além disso, e que sem palavras ele não existe, não é mais nada.

Pausa.

Os ouvintes saíram da sala se atropelando a caminho da cantina. Eu fiquei sentada.

Na primeira fila também permaneceram algumas pessoas; só então notei que eram pessoas mais velhas. De Waeterlinck tinha descido do atril pela escadinha e cumprimentava as pessoas mais velhas uma por uma. Falou com elas, escutou, sorriu amigavelmente. Ele era acessível.

Eu olhava. Estava feliz. Hoje tinha se iniciado algo que teria duração, que era diferente e único, e para o qual eu já olhava retrospectivamente, enquanto ainda estava acontecendo.

Dois homens mais velhos tinham se levantado e ladeavam o filósofo, gesticulando agitadamente. Um deles era pequeno, delgado e moreno, a cabeça começando a ficar calva, e tinha um rosto com traços marcantes. Era sóbrio, mas vestido com extremo esmero. O outro era um pouco maior, mais encorpado e firme. Seu cabelo era cinzento e longo, encaracolado até o pescoço, e trazia um lencinho colorido e brilhante amarrado em volta do pescoço. Por baixo de um paletó solto e malcortado se entrevia uma malha ou blusa vermelho-berrante. Ambos usavam óculos.

Pela maneira como permaneciam de pé, apoiando-se ora numa perna, ora na outra, vi que tinham dificuldade em andar, mas procuravam manter o antigo orgulho. Deveriam ter por volta de setenta anos.

Era comovente e engraçado vê-los girar à volta de De Waeterlinck, que sorria pacientemente, e disputar entre si a palavra. Não gostei que De Waeterlinck continuasse sorrindo e acenando com a cabeça. Com o tal rosto combina um certo distanciamento. Da próxima vez eu precisaria sentar-me mais perto para ver se este era verdadeiro. O rosto certamente espelhará a verdade.

O homem delgado tomara a palavra. Tinha aparência aristocrática. Enquanto De Waeterlinck parecia estar escutando atentamente, e ao mesmo tempo encorajava o homem assentindo com a cabeça, vi que de repente seu olhar lançou curtas rajadas em direção ao auditório. Assustei-me porque, de qualquer maneira, veio de surpresa, mas eu sabia o que teria de fazer.

Ele me viu e desviou imediatamente o olhar para o homem que falava. Alguns momentos mais tarde, olhou de novo para o auditório, e dessa vez eu estava pronta. Ele olhou para mim. Devolvi o olhar. Foi um encontro, o começo de um jogo.

Eu tinha tempo. Tinha um futuro para todas as quartas-feiras do inverno de 1982.

Para ver o tal rosto não existe uma primeira vez. A primeira vez sempre já passou e é irrecuperável. É um rosto masculino. Não passará dos cinqüenta anos e permanecerá nisso. Os homens que o têm já o tinham quando crianças, isso se vê. É inalterável. Para dar uma rápida idéia: Richard Burton, Ludwig Wittgenstein, Samuel Beckett, Lucas Asbeek e Witold Gombrowicz o tinham.

Marius também. Marius eu toquei, acariciei e talvez também tenha amado pela primeira vez. Eu tinha dezessete anos, ele quarenta e oito. Ele dava aulas sobre sociologia.

Era o segundo homem que me dava de presente um livro de filosofia, um livro de bolso da editora Prisma, com os *Diálogos* de Platão. Disse que se tratava da *Apologia*, era esta que eu deveria ler, e assim o conheceria melhor.

Mais tarde muitos homens me deram livros, dizendo que por meio deles eu os conheceria melhor. Reconheciam-se na figura do herói e se achavam parecidos com ele.

Em geral, era engano.

Leio pela primeira vez a história sobre a condenação de Sócrates. Também vejo Sócrates quando vejo Marius passar pelo corredor da escola, e mais tarde diante da classe.

Marius consegue rir tanto de mim que as lágrimas lhe correm pelas faces.

— Sócrates também conseguia rir tanto de uma menina? — pergunto.

Quando ele chega de manhã à escola, tem bolsinhas sob os olhos. Não de rir. Persigo-o pelo prédio até achar a oportunidade de puxá-lo para dentro de algum lugar onde possa tê-lo para mim. Banheiros, armários de material de limpeza, depósitos e salas de aula.

— Você está triste — digo-lhe, e toco as bolsinhas sob seus olhos.

— *Liefje*[3] — diz ele —, por favor, o que você está fazendo? O que você quer? Para que lhe serve um velho chato como eu?

Antes nunca ninguém tinha me chamado de *liefje*.

É bem holandês.

[3] Benzinho, queridinha. (N. da T.)

Depois ele ri. Estamos entre as vassouras, baldes e panos de chão. Tem cheiro de *Vim*. Ele acha excitante. Eu também. São cada vez mais freqüentes meus atrasos às aulas.

Vou cada vez mais cedo para a escola. Ele espera por mim no carro, num estacionamento perto da escola. Venho de bicicleta, do vilarejo, que fica dez quilômetros adiante. Jogo a bicicleta no canteiro lateral e corro para o carro.

De manhã ele está quebrado. Ele está se separando. Pela primeira vez ouço alguém falar sobre separação. No vilarejo onde moro ainda não se separam. Separar-se é coisa de cidade.

Quando está frio ele deixa o motor ligado e esfrega minhas mãos geladas para aquecê-las. Às vezes coloca um cobertor sobre minhas coxas. Deixo-o falar e descansar no meu colo, acaricio sua cabeça, massageio levemente seu pescoço. Ele tem o corpo compacto que combina com o rosto. Há muito tempo que este não é tocado. Quero fazer-lhe bem. Quero fazê-lo esquecer o sofrimento da noite anterior.

— Você é tão... — diz ele.

Muitas vezes usa palavras que não conheço, cujo sentido preciso procurar no dicionário em casa.

Ele também me acaricia, com muito cuidado. Quando me toca é como se procurasse o contorno de uma imagem que conhece e quer reencontrar. Antecipadamente já amoldara suas mãos ao meu formato e depois me encontra. Caibo bem nelas, nas suas mãos. Isso me deixa tranqüila. Não tenho medo. São toques sem selvageria, sem desejo.

Ele nunca precisa pedir que eu me cale sobre nós. Estou acostumada a manter segredos.

Olha ininterruptamente para mim quando estou com ele na sala e ele está dando aula. É como se falasse só para mim.

As Leis

69

Todos já perceberam, mas ninguém tem coragem de falar comigo a respeito.

Também nos vemos de vez em quando à noite, depois que a mulher dele partiu. Depois das aulas ele me leva para os cais da cidade, onde me ensina a beber, e para restaurantes caros, onde me ensina a comer. Vinho, uísque, *escargots*, coxinhas de rãs, *coquilles St. Jacques*, lagosta. Não foi com ele que começou a ligação indissolúvel entre comer e estudar, comer e homens, comer e amor. Isso também já tinha começado antes.

Certo dia ele diz:
— Você é muito inteligente.
Não acredito. Inteligente é a palavra dos meus irmãos. O mais velho conhece a enciclopédia de cor e meu irmão mais novo reflete sobre a infinitude do cosmo. Esse é o significado de "inteligente", é a palavra dos garotos.
— Você deveria acreditar nisso — diz ele. Conta que a escola participa de uma pesquisa da universidade e que alguns psicólogos farão uma visita para aplicar um novo teste de inteligência. Quer que eu participe. Quer que eu continue meus estudos, na universidade lá longe, no Leste.
Penso que ele quer se livrar de mim, digo que me nego a participar do teste e que também não quero ir para a universidade. Digo-lhe que na verdade não tenho capacidade para isso e que acho muito bom estar assim, perto dele, para aprender tudo com ele. Diz ser um velho chato, que eu preciso enxergar além do dia de hoje, que tenho a vida pela frente e posso fazer aquilo que quero.
— Então me diga o que é que você mais deseja — diz ele.
— Escrever livros — digo baixinho, por causa da vergonha.
Se é isso que eu quero, preciso ir embora daqui, diz ele, para longe dele, deixar o Sul, preciso conhecer outros homens, ver outras cidades, preciso ter a coragem de enfrentar o diálo-

go com a minha liberdade. Senão o negócio de escrever dará em nada.

Ele me faz chorar.

No final da noite, leva-me para casa. Prometi-lhe participar do teste.

O teste ocupa o dia inteiro. Antes de cada etapa volto a ficar com medo e terrivelmente nervosa. Ele vê algo em mim que eu não sou. Deixa-se enganar pelas minhas notas, mas eu só tiro notas muito altas porque a matéria é muito fácil nesta escola. Em outras escolas eu já teria sido reprovada há muito tempo, e o resultado do teste irá provar-lhe isso.

Ele próprio se assusta com o resultado.

O psicólogos anexaram uma brochura com nomes de grandes sábios e escritores. A seguir consta a percentagem que representam na população mundial.

Depois ele me chama de: "Minha pequena Einstein."

Está orgulhoso. Eu não. A cifra estranha irá me empurrar para o mundo, para longe dele. Faço segredo sobre o assunto como se fosse uma doença.

Depois da primeira palestra de De Waeterlinck tratei de chegar o mais cedo possível no H211. Por mais cedo que chegasse, as pessoas mais velhas sempre chegavam antes e reservavam-se a primeira fila.

Eu não tinha coragem de sentar-me muito perto deles e durante as primeiras semanas fiquei bem longe. Toda semana escolhia o mesmo lugar, pelo prazer de sentir o olhar de De Waeterlinck se dirigir para meu lado quando ele entrava. Primeiro, cumprimentava simpaticamente a primeira fila e depois olhava para mim. Procurava-me e eu estava lá. Eu sempre estava presente.

Eu mal fazia anotações para não perder uma única vez nossa troca de olhares e fixava meu olhar ininterruptamente em seu rosto. Procurava anotar cegamente os títulos dos livros, os nomes dos autores ou alguns comentários certeiros sem precisar olhar para a folha. Tornei-me muito hábil nisso.

Às vezes penso que ele se refere a nós. Fala sobre a filosofia de Ficino e observa quão importante o olhar é para uma sensação de amor e felicidade.

— Ao contrário do gosto e do tato — diz ele —, olhos e ouvidos pedem distância. Olhos e ouvidos não gastam, não consomem, não devoram. Por isso, olhos e ouvidos são essencialmente melancólicos e ansiosos pela morte. O olhar de uma pessoa apaixonada pode aprisionar você, mas liberta-o ao mesmo tempo. Ele o enche de calafrios com a magia do amor, mas permanece longe, como observador. É o olhar que respeita a solidão do outro, se apercebe do outro e no mesmo instante também basta a si próprio. Em Ficino é forjada uma ligação indestrutível entre o olhar, o amor e o pensar. Você precisar ter estado profundamente apaixonado para poder iniciar-se no pensar.

Os últimos meses do ano adquiriram a coloração das aulas das quartas-feiras de manhã. Quando caminhava do lado de fora olhava à minha volta na esperança de encontrar De Waeterlinck por acaso. Em casa, no meu quarto, lia os livros sobre os quais ele tinha falado, mas a leitura dos próprios livros ficava a dever à maneira como os textos tinham sido distorcidos por De Waeterlinck, tinham sido misturados por ele com outros textos, com suas próprias preocupações, e despejados naquelas maravilhosas palavras flamengas.

Nas quartas-feiras de manhã eu me vestia de uma maneira diferente da usual. Já não usava saias há anos. Assim que vestia uma delas de novo, parecia que passava por uma situação de travestida e me disfarçava de mulher. No caso dessas aulas a sensação estranha e imprópria de estar disfarçada na verdade me era conveniente e, pela primeira vez em anos, troquei minha calça comprida e jaqueta por uma saia, sob a qual usava meias de *nylon* e sapatos de salto alto. Sentia-me provocante e passei a andar de maneira diferente por causa disso.

A curiosidade dos mais velhos aumentou. Quando eu entrava na sala de aula ou ficava sentada na minha cadeira durante o intervalo, eles disfarçavam cada vez menos a maneira de me olhar. Aos poucos, uma das mulheres foi ficando mais insolente e muitas vezes se virava totalmente quando os olhos de De Waeterlinck se fixavam em mim por mais tempo que o normal, seguindo a direção do seu olhar, e então me encarava insolentemente. Era a mesma mulher que, a cada intervalo, oferecia um saquinho de papel a De Waeterlinck, provavelmente contendo um sanduíche. Agradecido, ele sempre aceitava o embrulho e depois o colocava de lado.

Nunca o vi comer pão durante o intervalo.

Do meu lugar na sala eu olhava e calava. Uma vez ou outra saía com os outros para fora, durante o intervalo. Porque não tinha ânimo de ficar sentada onde estava.

Algumas semanas antes do início das férias de Natal, percebi que meu papel estava começando a me aborrecer. Eu precisava fazer alguma coisa, tornar-me mais real, chegar mais perto, apresentar-me, começar a falar, ter um nome. Fiquei tão nervosa com minha intenção que às vezes meu coração disparava quando De Waeterlinck me olhava. Pela primeira vez fazia anotações para me refugiar, para que nossos olhares se cruzassem menos.

O mesmo me aconteceu durante a última aula daquele ano.

Lá fora estava um frio de rachar e haviam alertado sobre estradas escorregadias. Estava indo para a universidade a pé. Da ponte bem próxima à entrada do *campus* pude ver como um motorista de táxi ajudava uma senhora a saltar de seu carro. Ele amparava o braço dela, deixando a bengala de prontidão. Era a mulher alta com o cabelo vermelho. Usava um casaco de peles. Quando passou sob o arco do portão, arrastando os pés com cuidado, perdi-a de vista. A primeira parte da entrada não era coberta. Ali deveria estar tão liso quanto nas estradas.

Dirigi-me ao portão tão rápido quanto pude, e pensando em como iria cumprimentá-la e oferecer-lhe o braço, mas quando virei a esquina vi que ela já tinha recebido ajuda do homem com os longos cabelos cinzentos. Os dois só tinham avançado poucos metros e eu refreei o passo. Ele usava um gorro de lã na parte de trás da cabeça e tinha enganchado o braço no braço da mulher. Concentravam-se totalmente nos seus passos miúdos e indecisos, examinando o chão com os pés. Por um momento senti uma certa decepção, porque estava perdendo uma boa chance de me apresentar e também porque não acreditava mais que poderia, por força própria, sem a interferência dos velhos, me livrar de minha própria inatingibilidade e fazer contato com De Waeterlinck.

Não tive coragem de ultrapassá-los e fiquei andando atrás deles numa lentidão que não me era peculiar.

De repente, pouco antes de chegarem à parte coberta do corredor, vi os dois como numa foto, juntos, com a entrada do corredor lhes servindo de moldura. O quadro encheu-me de pena. Eram pessoas de idade que se arriscavam a sair de casa num dia como aquele, expunham seus ossos porosos ao perigo de um tremendo tombo, apenas para escutar o professor. Será que aos setenta anos eles ainda tinham as mesmas perguntas que eu, ainda tinham sede de conhecimento, ainda estavam à procura de uma voz que soasse mais clara que a do adversário resmungão na sua própria cabeça? Será que aquilo nunca tinha fim?

No novo ano as aulas recomeçaram numa quarta-feira chuvosa e úmida de janeiro. Caía uma chuva fria e o tempo estava escuro. Vesti minha jaqueta de couro e pus meu chapéu. Era um chapéu masculino marrom, um Borsalino, que eu tinha conseguido por pouco dinheiro e que passei a considerar indispensável a partir do primeiro instante em que o pus.

— Sua roupa é seu disfarce — De Waeterlinck tinha dito uma vez durante uma aula; soa simpático mas eu não acredito nisso. Levante a gola, coloque um chapéu na cabeça e de um momento para o outro você tem o espírito inacessível de um chefão da Máfia italiana. Com as roupas acontece o mesmo que com as palavras, elas já estão prontas, de segunda mão, carregadas de substância e história, instrumentos impossíveis para o puramente pessoal, caso exista.

Fui para a universidade com ar de Don Corleone e com minha própria natureza medrosa e li no quadro de avisos do corredor que as aulas de De Waeterlinck não seriam mais dadas no H211, mas numa outra sala, no primeiro andar. Subi a escada e, sem desconfiar de nada, fui em direção à sala que tinha aquele número. Esperava que tudo estivesse como antes e que as salas do prédio fossem idênticas, mas me assustei quando lancei os olhos pela porta aberta e vi que aquela era completamente diferente. O chão não era em declive. Havia uma mesa no meio da classe e os idosos tinham se aglomerado em volta dela. Olhei diretamente nos olhos do homem dos cabelos cinzentos.

— Aí está ela — disse ele, fazendo um movimento largo e teatral com os braços.

— Que chapéu esplêndido, filha, maravilhoso! Sente-se. Aqui.

Entrei com um sorriso enigmático e tomei o lugar que o homem me indicou. O outros idosos me cumprimentaram simpaticamente e começaram a falar todos aos mesmo tempo, portanto não entendi nada. O único que ficou calado, apertando os lábios estreitos, foi o homem pequeno e moreno. Ele me avaliou com um olhar penetrante, não retribuiu meu cumprimento, mas curvou-se novamente sobre o livro que estava lendo. Não tive coragem de encarar ninguém por mais tempo e me deixei levar pela torrente de palavras do homem de cabelo comprido. Ele falava sobre o chapéu e a maneira como eu tinha entrado.

— Entrada magistral, garota — disse ele —, irresistível, uma atriz diplomada. Sou um maluco, um homem velho, mas percebo as coisas. Do jeito que você entrou, com aquele chapéu puxado para cima dos olhos... inesquecível, realmente inesquecível!

— Seu doido varrido — disse a mulher de cabelo ruivo.

Uma outra mulher puxou minha manga e disse que era melhor eu não dar atenção a ele. "Está totalmente pirado", disse num sotaque bem alemão. Ela tinha uma pele de pergaminho, com manchas castanho-claras nas bochechas e alguns descoloramentos maiores na testa. Era a mulher dos saquinhos de sanduíche. Estava sentada com o rosto virado para a porta. Pela alegria em seus olhos pude deduzir que De Waeterlinck ia entrando. Fiquei de prontidão.

De Waeterlinck tomaria lugar à mesa encostada à nossa. Nunca o tinha visto de tão perto; quase podia cheirá-lo.

Ele se assustou com minha inesperada proximidade, olhou-me espantado, acenou com a cabeça e em seguida cumprimentou os idosos.

Como todo mito, a distância convém à mulher fatal. Se você realmente quer ser um mistério, precisa ficar longe daqueles que você quer seduzir pela dissimulação, porque assim que elimina a distância e preenche o vazio com você mesmo, o produtor de mitos não terá mais nada a inventar.

Minha proximidade era uma morte direta da personagem feminina.

Não me chamo Carmen, Rosa Fröhlich ou Natasia Phillippovna.

Essas são as mulheres das histórias e não me pareço com elas nem de longe. Mas mesmo personagens com as quais você não tem nenhuma relação insinuam-se de uma maneira sutil e transformam certos momentos de sua vida numa cena na qual você age pelos padrões de um cenário muito antigo, e você se ouve dizer frases que sabe terem sido ditas dessa mesma maneira por outra pessoa, em algum tempo passado, e terem tido seu efeito.

A vivacidade dos idosos me permitira abandonar mais facilmente o cenário dos últimos meses. Senti-me integrada e agora já não me importava não poder prever o que aconteceria dali para a frente.

O professor De Waeterlinck foi até o interruptor e acendeu a luz da sala. Tomou lugar atrás da mesa e suspirou profundamente. Tal como nas aulas anteriores, não havia uma única folha sobre a mesa.

Atrás da mulher com sotaque alemão dois alunos ainda estavam envolvidos numa conversa agitada. Ela se virou e ordenou que se calassem. Até seu "psiu" soava alemão.

De Waeterlinck desejou-nos um feliz ano novo e disse que hoje decerto estávamos literalmente envolvidos na penumbra.

— Continuaremos, como antes, à procura de uma solução. Vale a pena continuar a tentar isso.

Agora que estava tão próxima, eu podia analisar o rosto de De Waeterlinck e me perguntei se não me enganara. Não estaria faltando algo absolutamente indispensável ao rosto, mas que eu não conseguia, de maneira nenhuma, definir o que pudesse ser? Será que eu encontraria nele aquilo que procurava, aquilo a que não conseguia dar um nome, mas que tinha relação com a maneira pela qual Marius lidara comigo?

Marius percebia imediatamente que eu estava com frio, tirava o paletó e colocava-o, sem dizer nada, sobre meus ombros. Marius se alegrava ao escolher comida para mim e se deliciava ao me observar quando eu conhecia um novo sabor. Marius me bombardeava com conselhos como: "Você precisa ficar mais calejada" e "Você também precisa aprender a falar sobre o tempo". Marius dizia que um escritor deve saber ser só, que tudo se inter-relaciona num bom romance, que a literatura moderna poderá ter apenas a própria língua como tema, que pessoas inteligentes nunca se casam, que devemos nos olhar nos olhos quando brindamos e que o século XX não era comparável a nenhum outro porque os homens tinham estado na Lua. Marius precisava de mim.

A pergunta era se De Waeterlinck era infeliz o suficiente para poder suportar meu consolo. Agora que o analisava melhor, comecei justamente a duvidar disso. Faltava algo em seus olhos, um anseio, um desejo sem esperança, um pânico manifesto, tal como eu sempre via nos olhos de Marius, e que eu às vezes conseguia fazer desaparecer por um curto momento. Eu só tinha isso a oferecer, pensei, e se não conseguisse lhe dar esse pouco não teria sentido ser eleita por ele.

De Waeterlinck contou como passara o feriado de Natal.

— Passei o tempo todo relaxando-me com a obra dos filósofos franceses modernos. Realmente são textos de uma sinuosidade muito sutil, mas sempre tenho a impressão de que tudo já tinha sido elaborado muito antes deles, por Hegel e outros filósofos do século XIX. Hegel, em particular, precisou aturar pancadas anormalmente duras desses exegetas franceses, e às vezes é doloroso ler isso. Tenho conhecimento da crescente popularidade dos franceses aqui na universidade, mas espero que, de alguma maneira, vocês continuem capazes de enxergar, através de todas essas fabulosas interpretações equivocadas, a filosofia de, por exemplo, um Hegel, e deixar que ela evolua conjuntamente, durante seu encontro com todo esse material moderno de idéias.

Um espírito realmente original quererá renovar, e para poder renovar haverá claramente a necessidade de romper. Mas aquilo que está destinado a ser rompido, graças a Deus, deverá ser primeiramente estudado e conhecido a fundo. Façam isso primeiro, também vocês. Pessoalmente tornei-me, depois de dez anos de filosofia francesa, muito mais adepto do século XIX do que jamais fui. — Parou por um instante e acrescentou veementemente, — E assim continuarei!

— Muito bem! — gritou o idoso de cabelos cinzentos, e bateu palmas. Olhou-me rindo enquanto fazia isso, esperando que eu o acompanhasse no seu entusiasmo, o que naturalmente não fiz.

Todos os idosos tinham um caderno na sua frente e durante a introdução de De Waeterlinck fizeram anotações ativamente. De onde eu estava sentada, não conseguia ver o homem moreno sem me curvar sobre a mesa. Não fiz isso. Tinha a impressão de que ele mantinha os olhos em mim. Mas agora eu via o livro que ele estivera lendo quando entrei. Eram os poemas de Goethe.

De Waeterlinck retomou o tema da aula, a estética de Schopenhauer. Estava aliviada que ele tivesse parado com seu ataque aos filósofos franceses, deixando-os em paz.

Eu estava muito impressionada com Foucault.

Eu estava viciada em Foucault.

Às vezes sonhava com ele.

Há alguns anos, depois de uma de suas perambulações pela França, meu amigo astrólogo me trouxe um livro. Tinha pedido uma sugestão a um amigo de Paris, onde se hospedava com freqüência. Foucault, *Les Mots et les choses*, tinha dito aquele amigo. A partir de então fiquei curiosa para saber quem seria o homem que escolhera justamente esse filósofo para mim.

Como já acontecera outras vezes, achei que minha vida mudaria completamente depois de ler o livro. Nunca tivera uma coisa dessas em mãos. Gostaria muito que eu mesma tivesse pensado e escrito algo assim. O Sr. Foucault escrevia filosofia num estilo tão excitante quanto o de um romance. Era difícil saber se era um poeta ou um filósofo que tomava a palavra.

As Leis

O Sr. Foucault tinha a alma da minha geração em seu poder, uma geração pós Sr. Sartre ou os senhores da Escola de Frankfurt. A alma sobre a qual já falavam tinha tido seu início quando minha geração precisou herdá-la por necessidade, porque não havia mais nada disponível. Sempre enalteci o Sr. Sartre porque foi o primeiro filósofo do qual li um livro. E apesar da alma sartriana ser uma alma dura de carregar, me dava muito prazer porque era uma alma moderna, uma alma do século XX. Eu achava que qualquer outra alma estava fora de moda, e estar fora de moda me parecia tolo, portanto tinha orgulho de ser livre e responsável, e ficava muito espantada quando ouvia alguém defender o determinismo e as heranças das gerações, porque a crença numa espécie de maldição não combinava com a crença do século XX. Perguntava-me como alguém poderia ser tão antiquado, e normalmente atribuía isso ao fato de que os defensores do determinismo ainda não tinham lido os livros certos.

A alma de Foucault era leve e etérea, comparada à de Sartre. Às vezes lia, envergonhada, descrições sobre o comportamento que eu mesma tinha, descrições de pensamentos que eu achava houvessem surgido em mim espontaneamente, mas que o Sr. Foucault considerava como ações e idéias às quais se era compelido imperceptivelmente, pela língua e o conhecimento. A personalidade era um mito tão grande quanto a liberdade do Sr. Sartre, e como o meu maior desejo era ter uma personalidade, deixava-me muito aliviada pensar que isso talvez nem existisse e que poderia passar a me ocupar de outras coisas.

Fiquei contente ao saber que, para o Sr. Foucault, eu não precisava ser tão livre quanto para o Sr. Sartre, e com uma sensação de alívio troquei minha alma antiga por uma nova. O determinismo até que não era tão maluco.

A mulher com sotaque alemão já tinha olhado algumas vezes, ostensivamente, para o relógio de pulso, e agora estava batendo com as unhas no vidro, procurando com isso atrair a atenção de De Waeterlinck. Ele entendeu o recado, fez um sinal para ela e concluiu seu pensamento de maneira a poder anunciar o intervalo.

Perguntei-me como é que ele dava ouvidos tão cegamente às imposições de uma mulher. Permitia que o maltratassem? Será que era submisso? Será que, enquanto estava entre pessoas, comprometia-se constantemente de tal modo que depois precisava fugir para proteger-se da ganância delas?

Agora que eu via de tão perto a pequena troca de olhares, os tiques em seu rosto (ele contraía o tempo todo os músculos em volta do olho esquerdo, e às vezes seu lábio inferior tremia) e que notava sua submissão, o mito sobre o qual Daniel falara perdeu seu brilho.

De Waeterlinck não era inacessível, era até acessível demais. Eu esperara que não fosse assim, mas na verdade já tinha visto o suficiente. E se eu estava certa e ele realmente fosse alguém que tinha pouca defesa contra o mundo, precisando se esconder para ser honesto, então ele pertencia à minha espécie e no melhor dos casos nossa espécie tem compaixão, mas raramente grande admiração pelos seus pares.

Mas isso não diminuiu a minha expectativa sobre o que poderia acontecer no intervalo.

A classe foi se esvaziando. O homem com os longos cabelos cinzentos levantou-se e, curvando-se profundamente com um floreio do braço, apresentou-se como Aaron Mendes da Costa. Apresentou a mulher de cabelos ruivos como uma colega atriz numa peça de teatro, apontou para ela e chamou-a de "minha querida amiga Katherina Riwalski". Ela ficou sentada, mas estendeu-me sorrindo uma mão fina, enquanto se desculpava por não poder levantar porque suas pernas funcionavam mal. Ele pronunciou erradamente o nome da mulher de sotaque alemão ("Ida") e ela, conseqüentemente, corrigiu-o com uma mistura de mordacidade e compreensão, e com um forte aperto de mão apresentou-se como Ilda Müller. Depois mergulhou em sua bolsa, tirou dela um saquinho de papel e dirigiu-se a De Waeterlinck. Comecei a temer que as coisas desandassem.

O homem pequeno, que estava lendo os poemas de Goethe quando entrei, tinha ido diretamente até De Waeterlinck e estava de costas para nós. Sua atitude dava a sensação de estar rejeitando minha intromissão. Pelo jeito de seus ombros, achei que ele se irritava com o barulho do nosso grupinho e também procurava barrar o acesso de De Waeterlinck até nós. O homem chamado Mendes da Costa realmente falava alto, num tom de orador, engraçado, e sem parar. De vez em quando eu olhava para De Waeterlinck e via que ele também olhava na nossa direção por cima do ombro do homem pequeno. Depois olhava novamente para o homem que permanecia na sua frente, e eu olhava de novo para Mendes da Costa.

Realmente as coisas teriam desandado se Aaron Mendes da Costa não fosse tão admirável e tão pouco intuitivo. Talvez já tivesse percebido, a partir do primeiro instante, que me distraíra de seu discurso para olhar na direção de De Waeterlinck, mas adiara o momento de se apresentar como espectador porque estava se deliciando demais com suas próprias histórias. Pouco antes do final do intervalo ele disse saber o que eu queira.

— Não precisa me contar nada, filha — disse ele. — Estou vendo. Minhas histórias a chateiam e você quer outra coisa. Vamos lá.

Enquanto falava dirigiu-se a De Waeterlinck e ao homem pequeno, desejou-lhes feliz ano novo e apresentou-me com muita bravura a Guido de Waeterlinck e ao homem chamado Lászlo Kovács.

— Quero marcar uma entrevista com o senhor — disse eu a De Waeterlinck. — Quero prestar exames com o senhor.

Quando terminou a segunda hora de aula Mendes da Costa propôs que fôssemos todos juntos tomar café, lá embaixo na cantina. Os outros também gostaram da idéia, a não ser Lászlo Kovács, que não nos acompanhou. A partir daí participei até o final de meu curso das aulas do mestre De Waeterlinck, passando as quartas-feiras na companhia colorida de Aaron Mendes da Costa, Katherina Riwalski e Ilda Müller. Certo dia Lászlo Kovács partiu e não voltou mais.

Aaron tornou-se meu amigo mais velho e era um animado contador de casos. Era capaz de falar tardes a fio, sem se deixar interromper por outros. Sempre começava seus casos anunciando que era uma longa história, a seguir contava um incidente e depois dizia: "Essa foi a introdução, final da primeira história". Nisso, fazia um movimento circular com as mãos graciosas, tal como um maestro marcando o compasso. A seguir contava um anedota que tinha como ponto principal um acontecimento totalmente diferente e terminava com a observação "Final da segunda história", para finalmente — muitas vezes seu próprio entusiasmo em relação a um enredo magnífico fazia com que fosse apressado demais — contar a terceira história, na qual os personagens da primeira e segunda se encontravam por acaso, porque aparentemente eram feitos um para o outro. "Gostou da história ou não?", ele perguntava a seguir, e quando eu respondia afirmativamente, dizia: "É, minha filha, tive uma vida maravilhosa".

Tudo terminava bem nas histórias de Aaron.

Encontrei Lászlo Kovács na biblioteca da universidade, alguns dias depois de ter sido apresentada aos idosos. Ele vinha descendo a escada com um monte de livros em baixo do braço esquerdo e eu subia para trocar por outra uma quantidade de livros no mínimo tão grande quanto aquela. Tinha me proposto prestar minhas provas de admissão ao mestrado antes do final do inverno, e combinado com De Waeterlinck fazer meus últimos exames orais com ele, dentro de catorze dias.

Depois que combinei isso me senti melhor. Eu tinha libertado a mim e aos outros da imobilidade que o próprio fantasista impõe a si mesmo e aos personagens que devem desempenhar um papel na sua fantasia. As invenções criadas à luz do dia são tão imutáveis quanto os verdadeiros sonhos são imprevisíveis. O fantasista sempre incorpora o mesmo personagem em suas fantasias: herói, vítima, mulher fatal, gênio, mestre, e também tem um papel pouco variável para aqueles que atuam e se revezam do outro lado. Os heróis têm a grande oportunidade de suas vidas e são admirados pelos seus antagonistas, as vítimas apanham e são consoladas, a mulher fatal é desejada intensamente e depois faz o amante infeliz, o gênio é reconhecido e o mestre encontra um escravo.

Agora que eu conhecia todo mundo e tinha desistido de organizar o acaso, a vida podia seguir novamente seu rumo cheio de caprichos.

Tenso, Kovács fixava o olhar nos degraus da escada e colocava sempre os dois pés no mesmo degrau antes de passar para o próximo. Quando conheço as pessoas de vista não sou capaz de cruzar com elas sem cumprimentá-las, portanto também disse alguma coisa a Kovács quando estava subindo. Ele ergueu o olhos, perturbado. Até então eu o tinha visto apenas quando falava ou ouvia. Nessas ocasiões seu rosto tinha uma expressão de seriedade e concentração, também um pouco antipática e contrariada.

Observou-me com um olhar rápido e aguçado, e um sorriso de espanto apareceu na sua boca estreita. O sorriso mudou-lhe o rosto totalmente e tive uma enorme sensação de alívio, como se houvesse passado numa prova.

— Olá! — disse ele, e me estendeu a mão direita. Logo depois, num holandês bastante preciso e quase sem sotaque, perguntou que livros eu tinha comigo e quais eu planejava retirar, dizendo depois que eu certamente deveria ler o livro que ele estava levando para casa pela segunda vez, uma relação super-engraçada de resultados de pesquisas que tinham sido ocultadas, interpretações e cálculos errados que acabaram sendo responsáveis por grandes descobertas na ciência.

Apoiei-me no corrimão da escada, um degrau abaixo do seu, espantada com o entusiasmo de suas perguntas e o relato sobre seu próprio prazer de ler.

Parecia que tínhamos nos esquecido de onde estávamos, e não percebi seu olhar desviar-se nenhuma vez. Este se fixava o tempo todo no meu rosto, analisando-o enquanto ele falava.

Fiquei com o pescoço duro de tanto olhar para cima e por fim propus que fôssemos tomar café em algum lugar, ou que continuássemos a conversa numa outra hora.

Eu já temia ser mal interpretada. Seu rosto adquiriu imediatamente um expressão de ofendido. Olhou para o relógio e disse que nesse caso deveríamos deixar a conversa para outra ocasião, porque ainda precisava ir a outro lugar.

Esforçou-se para sorrir quando se despediu, mas não foi muito feliz nisso.

Eu sim.

— A senhora me é tão familiar — disse Guido de Waeterlinck depois dos exames —, é como se já a conhecesse há anos.

Disse-lhe que achava o mesmo.

Estava sentado na sua cadeira, descontraidamente inclinado para trás. Não tinha sobrado nada do nervosismo que ele demonstrara no início do exame. Dar-me uma nota alta fazia parte do curso dos acontecimentos e, depois das perguntas, propôs que deixássemos seu escritório e fôssemos tomar um drinque em algum lugar. Seu dia de trabalho já tinha terminado e ele dissera que precisávamos nos conhecer melhor principalmente depois que eu o tinha honrado com o pedido de orientar-me na elaboração de minha tese.

Na cafeteria perguntei-lhe se era verdade o que se contava sobre ele, sobre a queima de seu trabalho e sua aversão a escrever.

— É como se dá com o misantropo — explicou —, ele gosta demais das pessoas, portanto é traído constantemente e assim desenvolve, em contraposição, um ódio ao maior objeto de seu amor. Naturalmente a história foi aumentada. Não queimei nada. Apenas coloquei uma grande quantidade de papel no lixo e isso realmente foi um alívio, uma purificação do meu espírito. Enfim, alguns pontos de vista são acompanhados de mágoa, dor e a destruição do antigo. Meu propósito era ser um vassalo, não um senhor: meu amor pela língua é grande demais, eu a amo demais para vê-la estragada por mim mesmo graças a uma sintaxe grosseira, no momento em que ponho uma caneta na mão, e vê-la destroçada por essa infeliz duplicidade do meu espírito, que quer fazer de mim um artista e também um pensador. Não sou nenhum dos dois e estou em paz com isso. Sou um vassalo da língua, os escritores servem de ponto para mim e eu transmito suas palavras. O segredo maior de toda a iniciação é saber como morrer e estou em paz por ter chegado a essa síntese. Sou um leitor, um orador, um ator, nada mais. O contato direto com o público é indispensável para mim.

Acho que a senhora tem algo que me falta por completo, mas que provavelmente é um pré-requisito para praticar qualquer forma de arte, uma espécie de síntese entre paixão e distanciamento. A senhora tem algo de raiva e compaixão, um desejo de sobrepujar os mestres de uma maneira gentil.

— É verdade? Como é que o senhor sabe? — perguntei.

— Eu a observei — disse ele. — A senhora manteve o suspense por muito tempo, mas agora a luta se descortina diante de meus olhos. A senhora conquistou o coração do meu público mais fiel e vejo que eles a emocionam da mesma maneira como emocionam a mim. Aliás, são todos fugitivos e graças a eles muitas vezes tenho a impressão de estar ligado à história e ainda poder atenuar um pouco do sofrimento pelo qual passaram. Sem dúvida é o estado de espírito de uma pessoa neurótica, que não consegue se reconciliar com as contradições da vida e vive constantemente atormentada por sentimentos de culpa. A senhora não age por culpa. Sua mola mestra é outra.

— Então, qual é?

— Eu não sei. Isso a senhora teria que me contar.

Mas eu também não sabia o que era, não tinha certeza.

— Foi um prazer termos conversado dessa maneira — tinha dito Guido ao se despedir, e perguntou se poderíamos repetir o encontro.

— Quanto mais vezes, melhor — respondi então.

Também seria Guido que me recomendaria levar a sério os sentimentos de Lászlo.

Pus algum dia na cabeça que clichês devem ser evitados. Marius provavelmente dissera algo como: "O clichê é a morte da literatura, um sinal de pobreza de linguagem e falta de originalidade", e essa lei fora confirmada pelo críticos literários que li mais tarde.

Portanto, evitava-os ao máximo, até me deparar com Lászlo Kovács e descobrir que o clichê fazia algo pior do que apenas desfigurar a língua.

Por muito tempo pensei que as pessoas se deixavam guiar pela sua vontade, suas paixões, convicções, idéias, por algo existente nelas mesmas, mas desde que conheci Lászlo passei a me convencer cada vez mais de que não somos fustigados por nossas paixões, mas pelos calores das paixões e que não é a vontade pura que move nossa ação, mas sim os clichês sobre a vontade. Só quando a experiência confere com o clichê do que é realmente uma experiência, e podemos nos abrigar no anonimato da língua, só então existe uma sensação de veracidade, de que a idéia confere, existe de verdade, é real.

Lászlo Kovács se deixava guiar pelo clichê de que uma pessoa é tão velha quanto se sente. Lászlo Kovács tinha 74 anos quando o conheci, mas Lászlo Kovács se sentia como se tivesse dezoito.

Aaron e Guido pressentiam como os fatos iriam se desenrolar, mas isso eu nunca pude conferir porque fiquei envergonhada, e depois que Lászlo partiu não falei mais com eles sobre isso.

Aaron se via como o perfeito oposto de Lászlo.

— Sou um tagarela — disse ele —, e naturalmente também a desejo, mas se você me pergunta se pretendo fazer algo com isso, não. Sou um homem maluco, mas ainda tenho senso de realidade. Kovács é diferente, mais impetuoso, mais apaixonado, talvez mais irreal — quem saberá dizê-lo? Ele lhe quer e acabou-se. Claro que tudo isso é uma resistência à morte, você não precisa me contar nada, filha, eu sei. Você nos faz reviver, não se iluda. Não deixa de ser uma bela história, essa de dois velhos que se matam para ter um minuto de sua atenção, um lampejo de seus olhos travessos e um beijo de sua redonda boca vermelha.

Aaron expressava ironicamente frases como essa. Nesses momentos ele escolhia um tom bem artificial, falava devagar, e com os lábios carnudos engendrava palavras exageradamente solenes.

De fato, tinha razão; Lászlo me queria, inteiramente.

Durante o intervalo da aula subseqüente ao nosso encontro na biblioteca ele juntou-se ao grupo e também acompanhou os outros para a cantina. Mal falou, mas diversas vezes me analisou com o olhar. Isso se repetiu durante algumas semanas, mas estava claro que não lhe dava nenhum prazer.

Quando cheguei em casa numa daquelas quartas-feiras, encontrei um bilhetinho dobrado em minha bolsa. Estava sem envelope.

O bilhetinho era de Lászlo. Ele propunha que nos encontrássemos na cantina, uma hora antes do início da aula, para podermos ter uma conversa de verdade e não sermos atropelados pela algazarra dos outros durante o encontro em massa depois da aula. Colocara seu endereço no final da carta, e respondi que concordava. Afinal, eu era incapaz de fazer qualquer coisa nas horas que antecediam a aula.

Desde essa época todas as quartas-feiras, das dez às onze e quinze, eu ficava sentada à mesa em frente a Lászlo. Ao contrário de Aaron, ele não gostava de se ouvir falar e nunca ninguém tinha me feito tantas perguntas quanto Lászlo Kovács. Você se apaixona com freqüência? Por que tipo de homem? Para você um homem precisa ser atraente? Homens lhe despertam algum desejo sexual? Quem? Como? Quando? Seu desejo é influenciado por alguma coisa, hormônios, filmes, leitura? Você gosta que um homem se comporte apaixonadamente ou seja contido? O que significa o amor para você?

Faça sua escolha.

A falta de familiaridade com esse tipo de perguntas, o interesse genuíno que ele mostrava ao fazê-las e sua própria franqueza quando eu lhe perguntava algo me davam uma sensação de segurança e procurei ser o mais sincera possível nas minhas respostas, o que me custava muito esforço. Mas eu confiava nele e principalmente nas suas interpretações.

Lászlo não me dizia o quanto eu era boazinha, amigável, meiga, atenciosa, espontânea, alegre, sensível, inteligente e honesta, coisas que eu nunca aceitava sem ter a impressão de que alguém fora enganado de novo porque não sondara minha verdadeira natureza, que eu mesma nem sabia como era e supunha a pior possível. Lászlo me dizia, sem hesitar, que eu era inacessível, orgulhosa, agressiva, obsessiva, melancólica, pessimista, desconfiada, destrutiva, megalomaníaca, inatingível e narcisista. Ele classificava meus desejos amorosos como *selige Sehnsucht*[4], e meu lema amoroso como sendo: *und wenn ich dich liebe, was geht es dich an*[5],

---

[4] saudade desejada.

[5] e se eu te amo, o que você tem com isso.

As Leis

classificando meus verdadeiros amores como raridades, porque eu amava como os homens da tribo Asra, *welche sterben, wenn sie lieben*[6].

Eu acreditava nele.

Ele tentava entender por que eu era assim.

Alegrava-me de antemão com os nossos encontros. Entre uma quarta-feira e outra nos escrevíamos cada vez mais; com o passar do tempo eram até algumas cartas por semana. Começava suas cartas com a mesma saudação com que me recebia nas quartas-feiras de manhã: *Szervusz kislány*. Ele tinha dito que significava algo como "menina simpática". Assinava como o *bolond*, o que significava "velho tonto", mas eu nunca o chamava assim porque senão precisaria poupar minha língua da acrobacia que ela fazia quando pronunciava o nome próprio dele, com o movimento de uma chicotada.

Lászlo dizia, escrevia e clamava que estava apaixonado, mas eu achava que não faria mal porque ele próprio se deliciava com isso, sem precisar de mim em pessoa. Afinal, Aaron também fazia declarações de amor regularmente e, a crer nele, eu até havia enfeitiçado Ilda Müller.

Certa vez, quando estávamos sentados na cantina, perguntou-lhe de supetão:

— Qual é o filme mais bonito do pós-guerra?

— *Mädchen in Uniform*[7] — ela disse sem titubear.

— Pode ficar quieta — Aaron disse —, não precisa me dizer mais nada.

Então pousou a mão no braço dela. O momento era solene e eu tinha a certeza de que esse rápido intercâmbio ia além de mim, atingindo uma ligação entre eles, um passado em co-

---

[6] aqueles que morrem quando amam.

[7] Moças de uniforme.

mum, uma história, um tempo em que eu não era nascida. Também era desse jeito que eu ouvia as declarações de amor de Lászlo: como se não se aplicassem a mim, mas sim a algo maior e mais impessoal, algo que tinha passado.

Lászlo persistia obstinado, convencido. Ele queria meu amor. O tom de nossas conversas foi se tornando mais mordaz, suas cartas se transformaram em acusações, e as minhas em rejeições e defesas. Ele se lembrava de tudo, me perseguia com as respostas que eu dava, interpretava cada olhar, toque, ponto e vírgula; disse-lhe e escrevi-lhe que ele sempre interpretava cada palavra de outro jeito.

— Você conquista todo mundo e nunca se deixa conquistar — ponderou ele. — Abandonar-me será uma reação retrospectiva a sua relação com Marius — completou.

— Pare de insistir — pedi. — Pare de me desejar. Você me deixa nervosa. Você não é real.

Nossas cartas terminavam com interpretações de interpretações; por fim, não mais tive coragem de arriscar frases próprias, e durante uma semana inteira respondi apenas por meio de citações.

De Kierkegaard, quando insinuou que meu comportamento lhe dava a impressão de que eu também o desejava por completo:

Man erfährt aus dem Tagebuch, dass es mitunter etwas ganz Willkürliches war, das er begehrte, zum Beispiel einen Gruss, und um keinen Preis mehr annehmen wollte, weil es das Schönste bei der Betreffenden war.[8]

De Kafka, quando ele me escreveu que eu era caprichosa e imprevisível:

Ich ruhe eben nicht in mir, ich bin nicht immer "etwas"

---

[8] No diário, fica-se sabendo que o que ele às vezes desejava era algo bem arbitrário, por exemplo um cumprimento, e que não o queria aceitar mais por nada porque era a coisa mais linda da pessoa em questão.

und wenn ich einmal "etwas" war, bezahle ich es mit dem "Nichtsein" von Monaten.[9]

Foram as últimas cartas. Numa terça-feira de manhã, no mês de abril, recebi um cartão postal:

"Limite. Renuncio. Não virei amanhã cedo e não a incomodarei mais. O *bolond*."

---

[9] Não tenho paz, não sou sempre "algo" e nas vezes em que sou "algo" pago com o "não ser" durante meses.

4.
O PADRE

É um domingo à tarde, em março de 1983, quando toco a campainha da casa de Clemente Brandt. Aperto a pasta com papéis contra meus flancos. É tarde demais para ainda inventar outra variante sobre a frase de apresentação maçante que fico repetindo para mim mesma. Dificilmente posso dizer-lhe que o mundo faz sentido para mim de uma maneira elegante, porque hoje é domingo e ele é um padre, e essas duas coisas pertencem uma à outra, ou que eu, já que estou aqui, não tinha conseguido inventar outro dia para encontrá-lo.

Depois de apertar o botão da campainha passo a mão direita pela saia e procuro mantê-la seca tanto tempo quanto possível.

Brandt é famoso. Só descobri que algum dia fora ordenado padre quando já tinha marcado um encontro com ele, e corri a apanhar na biblioteca o único livro de sua autoria que eu ainda não tinha lido. Era seu primeiro livro, a publicação de sua tese. Na biografia dos seus livros posteriores nunca foi mencionado nada sobre sacerdócio.

Eu não conseguia combinar escritor e padre. Há muitos anos não encontrava um padre, e a única imagem que eu tinha deles era preenchida solitariamente pelo pastor de meu vilarejo natal.

Padres têm uma vocação, uma governanta e mãos brancas como cera. De manhã pregam sermão na igreja, batizam, casam, escutam a confissão e só fazem visitas às casas das pessoas quando elas estão para ter filhos ou morrendo. Normalmente são calados. Lêem e rezam. Lêem sempre o mesmo livro e, com o tempo, conhecem-no de trás para a frente. Eles são diferentes de nossos pais. Não são homens normais.

Ter uma conversa com um autor amedrontava, mas não era impossível. Ter uma conversa com um padre era impossível. O que era Clemente Brandt? Não dá para ser escritor e padre ao mesmo tempo porque, de certa maneira, um diverge do outro. Clemente Brandt era ou um padre anormal ou um escritor anormal.

A porta é grande e pesada em comparação com o homem que a abre. Ele é pequeno, gordo e tem uma cabeça grande que domina tudo, com bochechas pendentes, queixo duplo e crânio saliente, pontudo, sobre o qual estão grudadas mechas de um cabelo gorduroso e comprido demais. Os óculos no seu nariz têm uma armação pesada e as lentes estão opacas de sujeira.

É o homem mais feio que já vi na vida.

Ele me convida para entrar e sua voz tem uma sonoridade inesperada. Não é bem que homens feios não possam ter vozes bonitas, não é isso, mas esse fato faz surgir uma outra desproporção, um hiato entre seus olhos e o som da voz, som suave, delicado e profundo. Porque os olhos não são assim.

Quando lhe estendo a mão e recito minha frase, aparece uma intensa chateação em seu olhar, uma aversão clara contra frases de cumprimento, que ele talvez já precisou ouvir centenas de vezes. Levo um susto. Ele não fez o mínimo esforço para esconder sua irritação e fingir que era a primeira vez que ouvia alguém expressar sua admiração e respeito.

Amaldiçoei minhas maneiras e a falta de coragem, e decidi enveredar por um caminho totalmente diferente. Toda essa submissão não leva a nada.

Ele pega minha capa e me vira as costas para pendurá-la no cabide. Inesperadamente vejo uma sombra num lugar onde não deveria haver sombra nenhuma, entre as omoplatas. É uma corcunda.

Abre uma das portas que dão para o corredor, pede que vá entrando enquanto ele vai preparar café.

Na sala de estar sou invadida por uma terna sensação de compaixão, que se agarra à minha garganta e por ora não desaparece. Sobre uma mesa redonda há uma toalha de renda bordada. Tudo isso me comove.

A luz que penetra é abafada por cortinas de renda, de um tecido grosso. Reina uma ordem indescritível, que também se aplica à pesada estante de livros feita de carvalho, encostada à parede. A estante de livros não me deixa curiosa, mas como fico em dúvida se me sento à mesa ou em uma das poltronas colocadas em ângulo uma com a outra, no outro canto da sala, finalmente me decido a ficar de pé bem em frente à estante. Esta não revela nada sobre o seu dono. Clemente Brandt tem a coleção das obras de praticamente todos: Aristóteles, Agostinho, Hume, Hobbes, Hegel, Platão, tudo.

No corredor soa um tilintar de louça. Inclino levemente a cabeça e faço de conta que estou lendo os títulos dos livros nas lombadas. Decido não comentar nada sobre seu acervo de livros.

Clemente Brandt entra com uma bandeja e se dirige cuidadosamente à mesa baixa de centro, que está perto das poltronas. Além do envelope grande e marrom com a minha letra, em cima dela também há uma pilha de livros novos, que aparentemente ainda não foram lidos.

Guido dissera que eu merecia um mestre melhor porque ele, como admirador incondicional de Hegel e apaixonado pelo século XIX, já me ajudara até onde podia.

— Você está desesperadamente apaixonada pelo século XX — explicou ele, e me deu o endereço de Clemente Brandt. Aconselhou-me a enviar-lhe a minha tese. Não acreditei que ele tivesse mencionado aquele nome, que realmente dissera "Clemente Brandt".

Perguntei:

As Leis

— Você quer dizer o famoso Clemente Brandt? — e ele confirmou.

— Não escrevi nada que o próprio Clemente Brandt já não tenha ou poderia ter escrito em outras palavras — disse eu a Guido. — Ele é mencionado a cada cinco páginas do meu trabalho e quando eu própria tenho idéias, elas são desdobramentos daquilo que ele deixou de desenvolver.

— Mas é justamente isso — atalhou Guido. — Pelo fato de você admirar Brandt como escritor, atribui-lhe uma originalidade que você mesma não possui. No entanto seus livros também são o desdobramento daquilo que outro escritor não desenvolveu.

Em catorze dias recebi uma resposta.

Groningen, 25 de março de 1983

Prezada Srta. M. Deniet,

Muito obrigado pela sua amável carta e sua tese. Li seu trabalho criteriosamente e com interesse. Acredito poder dizer que ele oferece base suficiente para uma tese de doutorado, e mesmo para uma eventual publicação em nossa revista. No entanto, gostaria de trocar algumas idéias sobre diversos pontos. Seria uma grande perda de tempo fazê-lo por escrito, por isso gostaria de encontrá-la para discutirmos verbalmente um pouco sobre esses diversos pontos. Caso algum dia você tenha a possibilidade de vir ao Norte, será muito bem-vinda. Seria preferível combinar de antemão por telefone.

Gostaria de aproveitar a oportunidade para mencionar um ponto: há muitos anos que a relação entre filosofia e literatura me interessa de maneira especial. Sua tese não deixa claro para mim, e talvez com Foucault aconteça o mesmo, qual a diferença entre um texto em si e aquilo que se chama um texto literário. Em outras palavras: o que faz literatura ser literatura?

Cordiais saudações,

Prof. C. Brandt

Agora não havia mais nada da tensão, do nervosismo e da excitação que senti depois de ler a carta. Estava sentada na poltrona, diante de Clemente Brandt, entre as quatro paredes de sua sala de estar, e isso me pareceu a coisa mais normal do mundo. Pareceu-me que para nada eu poderia estar despreparada, porque Brandt não era um ser estranho, membro de uma sociedade secreta à qual eu não tivesse acesso, nem participava de um jogo com regras que não me fossem claras. Brandt era um homem de carne e osso, normal, sem dúvida deformado, mas em si um homem como tantos outros que eu conhecia. Olhava para as mulheres de uma maneira bastante insolente. Observou minha boca enquanto eu falava e fixou meus joelhos enquanto eu estava na frente dele. Sem problemas. Tudo que parecia absurdo e extraordinário nele antes de encontrá-lo teria que ser explicado por meio de algo que eu não havia concluído nem de seus livros nem de sua biografia: sua deformidade. A maneira descarada com que demonstrara seu aborrecimento no corredor e a maneira sensual com que me observava agora, sem ao menos tentar esconder de mim a direção de seu olhar, eram no mínimo enigmáticos combinados com sua feiúra, mas quanto ao resto eu não esperava mudanças imprevisíveis para aquele domingo.

Já me enganei diversas vezes sobre alguma coisa.

Ele serviu o café de um bule com desenhos florais, naquele tipo de frágeis xícaras inglesas. Fazia-o com muito cuidado e concentração. Numa travessa de cristal havia *bokkepootjes*[10] . Depois de encher nossas xícaras, foi o primeiro a pegar, sem me oferecer, um biscoito, deu-lhe uma mordida

---

[10] Biscoitinhos alongados de amêndoas, com pontas de chocolate. (N. da T.)

voraz e inclinou-se na poltrona com a xícara na mão. Quando tomou um gole de café com a boca ainda cheia, havia migalhas em volta dela. Olhou para mim. Eu ri.

— Por que a senhorita está rindo? — perguntou ele.

— Por que o senhor faz barulho enquanto bebe e come — disse eu, e sabia o que estava fazendo.

Ele ficou petrificado por um segundo, encarando-me com os olhos arregalados de espanto. Depois riu. Enquanto ria mostrava uma fileira de dentes grandes, fortes e amarelados, entre os quais se viam restos de chocolate.

— Você fez um bom trabalho, senhorita Deniet — disse ele. — Depois que o li ainda pensei várias vezes sobre ele. Em nenhum lugar a senhora escreveu seu nome por inteiro, por isso toda vez pensei no trabalho como sendo da senhorita Em. Há pouco ouvi que a senhorita tem o mesmo nome da minha mãe e, para ser sincero, eu já esperava por isso. Se não se importar, manterei o nome Em.

Não, eu não me importava; já estava acostumada a isso. Disse isso para ele.

— Conheço bem essas coisas — disse ele. — Do ponto de vista psicológico, é muito estranha a mudança de um nome. Fui batizado como Petrus Hendrikus e era chamado em casa de Piet. Como jesuíta, acabei adotando o nome de Clemente. Pessoalmente, optara pelo de Gabriel, mas esse já tinha destinatário.

Um pouco de saliva aparecia sobre seus lábios enquanto falava, que ele sugava para dentro em seguida. Isso fazia com que parecesse muito infantil, quase um lactente. Era bastante estranho eu não conseguir imaginá-lo como criança, mas pensar que alguma vez ele tinha sido um menino que reagia ao Piet ou Pietje me emocionava.

Perguntei-lhe se ainda era padre.

— Um renegado — declarou ele.

— Que pena! — disse eu. — Com esta voz o senhor converteria até o ateu mais convicto.

Ele riu alto, escancarando a boca. Olhou-me com gratidão.

— É um trabalho realmente bom, senhorita Em. Preciso reconhecer que o estilo me deixou curioso sobre a escritora, mas não esperava nada desse encontro. O trabalho foi escrito de uma maneira muito tentadora, mas também muito íntegra. Por isso não esperava por alguém como a senhorita e sim por uma estudante mais séria, um tanto empertigada e certamente mais velha. Afinal, qual é sua idade?

— Vinte e sete e muito séria — respondi contra a vontade, porque preferiria que ele continuasse a falar, se dedicasse ao conteúdo da minha tese e finalmente me fizesse a pergunta que havia colocado na sua carta.

A partir do momento em que lera a pergunta, pensei sobre ela. Não podia combinar nada por telefone com Clemente Brandt antes de acreditar que obteria resposta. Para vir bem preparada, tinha escrito outro ensaio, no qual coletara uma grande quantidade de definições de filósofos e escritores, adicionando uma definição minha no final. Atrevidamente chamei-o de *Isto é literatura* e esperava que ele o achasse suficientemente bom para ser publicado. Estava na minha bolsa. O convite de Brandt para trocar idéias sobre algo que eu escrevera tinha me enchido de orgulho. Durante o trajeto de duas horas de trem, repetira interminavelmente a conversa que iríamos ter, ouvindo-me dar respostas argutas, vendo-me levantar problemas, ouvindo-o analisar seu trabalho criticamente e tendo nele um ouvinte atencioso, mais sábio do que eu, que corrigia minhas criações audaciosas com indulgência, para depois me encher de autores e títulos desconhecidos e pensamentos fascinantes.

É fácil falar sozinho.

Vi logo que Brandt sentia vontade de tudo, menos da conversa que eu travara com ele na minha fantasia. Ele não queria de maneira alguma falar comigo sobre língua, literatura e filosofia, sobre o porquê de chamarmos *Madame Bovary* de romance e *Ecce Homo* de filosofia. Brandt queria se livrar o mais depressa possível do poder e do prestígio que tinha conquistado sobre mim como escritor e, em vez de fazê-lo por meio de livros, captar meu interesse pela pessoa de Brandt.

Justamente pelo fato de ter descoberto, na última hora, que estaria lidando com um padre, não contara com o que estava acontecendo agora, e para o que eu normalmente estaria preparada. Na verdade, tinha esperado por um ar de magia, um clima de castidade, ascetismo, atenção e dedicação altruística de alguém que, no fundo de seu ser, sempre continuara a ser um padre, com ou sem Deus.

O ensaio na minha bolsa me deixava obstinada e me deu ânimo de, por enquanto, adiar um inevitável desenrolar de fatos. Eu me animara demais com a idéia de uma festa do espírito e não iria permitir que tudo descambasse para o jogo banal da sedução por causa de histórias de vida.

— Claro, claro — disse Brandt amavelmente, quando lhe pedi que lesse e desse sua opinião sobre a resposta que eu tinha colocado no papel, referente à sua pergunta sobre o tipo de texto literário. Inclinei-me para a frente a fim de tirar o ensaio da minha bolsa e procurar o trecho onde dava uma definição temerária e ousada de texto literário.

— Por que a senhorita mesma não lê em voz alta para mim? pediu ele.

Sim, por que não?

— A senhorita leu Derrida? — perguntou ele, quando terminei de ler e ergui os olhos para ele, de repente vermelha de acanhamento.

— Não — respondi. Eu já tinha ouvido falar de Derrida e lera uma ou outra coisa sobre ele, mas estava concentrada demais em Foucault para me lançar à obra de outro filósofo, ainda vivo, por isso sempre adiara a leitura dos livros dele.

— Estranho — disse ele —, muito estranho! O que a senhorita está afirmando sobre a essência da literatura poderia ter sido escrito por Derrida, apesar de ele jamais usar a palavra *essência*. Custo-me acreditar que a senhorita nunca leu uma palavra sequer desse homem. Tem certeza disso?

Sim, naturalmente. Eu acenei. Seria melhor que ele continuasse a falar, porque aquilo estava me dando nos nervos. Se Derrida realmente fosse um bom filósofo, então nesse instante Brandt estava me fazendo um elogio e eu queria ouvi-lo. No entanto, o elogio me tiraria todo o prazer porque implicaria que, antes de mim, outra pessoa já teria mencionado tudo aquilo que eu tinha escrito.

— Para ser sincero — continuou Brandt —, já não me interesso por Foucault há muito tempo. O que Derrida faz é mil vezes mais interessante, mais emocionante e, a meu ver, de um conteúdo filosófico superior. Na sua obra a senhorita se utiliza de Foucault para continuar a desenvolver seus pensamentos e afastar-se dele. A senhorita pensa desembocar em Nietzsche, mas desemboca em Derrida. A senhorita precisa lê-lo de verdade, porque ficará espantada ao descobrir o quanto irá reconhecer e reencontrar daquilo que é o cerne de sua definição: uma compreensão melhor do próprio ato de escrever. No entanto, a senhorita é uma metafísica, para dizê-lo em poucas palavras. Faz do escrever algo sagrado. Faz lembrar-me de uma versão cristã da definição de Platão, porém, graças a Deus, enormemente banalizada. No seu caso o autor ainda é um pouco um Deus ausente, uma espécie de sedutor escondido que se faz mediar no mundo através do livro. Sua definição também me deixa meio triste. Não apenas porque eu próprio sou escritor, mas também porque a senhorita, considerando-se sua definição, não deveria ter me encontrado pessoalmente e essa relação triangular entre escritor, livro e mundo deveria ter ficado no plano puramente espiritual. Noto que a senhorita ainda procura apaixonadamente pela essência das coisas e o faz fora do mundo dos textos. Para mim, um mundo fora dos textos tornou-se impensável.

Clemente Brandt sentou-se à beira da poltrona e falou, cheio de entusiasmo, sobre uma existência de papel, uma existência na qual apenas a palavra era o criador misterioso. De vez em quando ele se levantava, tirava um livro da estante, lia um trecho para mim e depois, entusiasmado pelo conteúdo, levantava-se de novo e, com passos agitados, pegava outros livros. De tanto esticar-se em direção às prateleiras, sua camisa saíra fora da calça e agora pendia sobre o cinto como um lenço amarrotado. Empenhou-se tanto em ligar vários tipos de citações e procurar descrições bonitas que tinham em comum o cântico de louvor à língua — desde Agostinho até Derrida — que se esqueceu completamente de si mesmo e não percebeu que ia parecendo cada vez mais atrapalhado e pueril.

Só quando um monte de livros enchia a mesa e ele se recostou cansado é que percebeu o rabicho de sua camisa e começou a enfiá-lo cuidadosamente na calça. Para isso precisava apoiar as costas contra o braço da poltrona e levantar um pouco a parte de baixo do corpo. Percebi, pelo modo de fazê-lo, que ele não conhecia a palavra pudor.

— Estou vendo que me despi completamente para a senhorita — riu ele.

Eu estava agradecida demais para não retribuir o riso. Ele me dera exatamente aquilo que eu havia imaginado, um conhecimento cheio de entusiasmo sobre os autores mais diversos, outras definições sobre o que é, afinal, um texto literário, uma visão sobre a obsessão e a vontade que podem acompanhar o ato de ler e como a solidão dessa vontade ainda pode ser dividida com outra pessoa. Esse outro, agora, era eu.

Diante de mim estava um gnomo que babava animado e sem pudor, mas eu o olhava com o olhar de alguém que acabava de ser consolada. Clemente Brandt me esclareceu algo sobre um possível futuro, sobre a solidão que o futuro me reservava e que parecia suportável, frutífera, uma espécie de felicidade.

Disse-o exatamente dessa maneira.

Ele se assustou um pouco com a mudança repentina do rumo da conversa, com minha predisposição inesperada de ainda falar sobre ele e como a vida deveria seguir adiante.

— Vamos almoçar em algum lugar, Em — propôs ele.

Clemente Brandt não sabia disfarçar direito. Quando estava abalado, tinha cara disso.

Ele usava uma jaqueta azul-escura. Andava do meu lado direito. Quando virava meu rosto em sua direção e o via de perfil, me deparava com a enorme montanha de carne que representava a parte de cima de seu corpo. Ele andava nas pontas dos dedos, com um jingado. Era como se não tivesse pescoço e a cabeça houvesse sido colocada, como um grande pedaço de argila, sobre um corpo amorfo.

Enfiara suas mãos nos bolsos da jaqueta. Eu também. Senti-me maior que ele, embora não o fosse. Ele era maior.

As pessoas que passavam por nós nos olhavam sem o menor recato. Do jeito que o faziam percebi como nos viam, a ele e a mim, lado a lado. Fez-me pensar em *A bela e a fera* apesar de jamais ter visto um filme com esse nome ou lido um livro com esse título. Não sei de onde a gente tira tais coisas.

Passamos por uma ponte. Um jovem casal vinha em direção contrária, ambos suficientemente bonitos para causar impacto com sua aparência. A garota riu alto e chamativamente demais quando passou por nós. Cochichou algo para o rapaz e ambos riram.

Então enfiei meu braço no braço de Clemente Brandt.

Não olhamos um para o outro.

Para mim almoço significa pãozinho com queijo, mas Clemente Brandt me levou a um restaurante onde um garçom em jaleco o cumprimentou pelo nome, pegou nossas jaquetas e perguntou educadamente se o professor desejava tomar lugar à sua própria mesa.

Lá fora estava claro e luminoso, mas dentro do restaurante não existia noção de hora e dia. O garçom acompanhou-nos até uma mesa num canto e acendeu uma vela. Esse submergir atemporal me deixou calma e satisfeita. Não importava o que pudesse acontecer. Senti-me inclinada a afundar

As Leis   103

na cadeira e fechar os olhos, como faço muitas vezes quando estou ao lado de alguém na escuridão do carro. Nesse momento ela é irrevogável, essa sensação lânguida de felicidade e relaxamento, a sensação de ter sido apartada do tempo, portanto indiferente quanto à hora da minha morte, firmemente disposta a morrer ali mesmo, se necessário.

— Este lugar lhe agrada? — perguntou ele.

— Sim, muito — respondi, lamentando que minha boa disposição me obrigasse a mudar para um tratamento mais pessoal.

— A vida é bonita — suspirou Brandt. — Estou contente por lhe ter respondido e você estar aqui agora. Na verdade, é um encontro inesperado, não acha?

Sim, concordei com ele.

Ele almoça neste lugar praticamente todo dia, na maioria das vezes sozinho, uma vez ou outra com um estudante e sempre entre uma e três horas da tarde. De manhã, come mingau de aveia e à noite um prato de sopa. Comer três vezes por dia uma refeição quente é uma reminiscência do convento, uma das poucas.

— Sem contar com isto — disse ele, enquanto passava a mão pelo cabelo, empurrando em seguida para trás da orelha uma mecha que caíra para a frente —, mas isso é o resto de uma outra ordem, menos voluntária.

Já que eu pergunto, ele me conta como é ingressar num convento, vestir a batina, raspar a cabeça.

— Se observarmos com atenção, é uma espécie de mutilação — diz ele —, é como ferretear uma rês para que fique uma marca indelével, que mostra a todos a quem ou a que você pertence. Estar a serviço do sagrado significa ser colocado de lado, ser separado da sociedade e das pessoas. Também pensei nisso quando você estava lendo um trecho de seu trabalho para mim. Quando alguém entra para um convento, isso significa cortar todos os laços que o prendiam à sua vida anterior. Você é totalmente isolado, ganha um nome novo, novas roupas, aprende uma outra língua, come outra comida e põe-se um cabresto. Mata sua personalidade anterior para ressuscitar como uma nova pessoa. É tudo muito pagão, alguns ritos de iniciação arcaicos com uma seqüência fixa de fases de desenvolvimento.

— Você tinha vocação? — pergunto logo, com medo de que ele vá deteriorar sua história e terminá-la.

— Na época pensei que sim — responde ele pensativo —, na época, sim. Mais tarde fui estudar psicologia e agora acredito que, na verdade, dei ouvidos ao chamado de minha própria mãe. Devo ter sentido que ela desejava intensamente ter um filho sagrado. Pois então eu trataria de ser esse filho para ela. Para Ela, não para Ele. Você não acha isso estranho?

Eu não. Sacudo a cabeça e sorrio para animá-lo a continuar.

— Lembro-me muito bem de como eu fantasiava que iria anular a história da Queda, como eu voltaria o tempo e faria essa história desaparecer definitivamente da face da terra. Acreditava ter muita pena de Deus. Deus tivera intenções tão boas com relação a nós! Organizara o paraíso para nós com perfeição, com tudo do bom e do melhor, não poupando nada. Nossas vidas estavam protegidas, seguras, firmes. As pessoas não precisavam dizer palavras indevidas, não precisavam sentir dor, nada poderia nos acontecer de que precisássemos que ter medo. Não ficaríamos assustados com nada, nunca alimentaríamos dúvidas porque nos bastaria simplesmente trilhar os caminhos delineados por Deus e executar as coisas conforme Ele as tinha proposto, pois Suas intenções eram boas.

E então Eva se deixa tentar pelo demônio e come da árvore do conhecimento. Repulsivo! Eu imaginava perfeitamente como Deus vira isso acontecer sob seus próprios olhos e presenciara, impotente, suas próprias criaturas se atirarem no nada e na danação. Era uma idéia insuportável, mas atualmente penso que, secretamente, eu realmente me deliciei muito

As Leis   105

com essa fantasia. Quanto mais vezes imaginava a história da Queda, tanto melhor. Quando chegava ao trecho em que Eva titubeia ao lado da árvore, tinha vontade de gritar de medo: "Não faça! Por favor não faça!" Mas ela fazia, sim. Toda vez ela repetia tudo de novo. E toda vez o pobre Deus também assistia à cena, e a emoção me fazia chorar.

Ele ergueu os olhos. A história o deixou melancólico. Também a mim.

— O estranho era que eu não tinha controle sobre aquela fantasia. Qualquer tentativa de interferência, de mudar o curso da história e eu próprio assumir um belíssimo papel de herói estrangulando a cobra com minhas próprias mãos e dando uma corridinha até Deus para avisá-lo a tempo, apenas causava uma sensação de paralisia. Eu não conseguia mudar em nada essa minha fantasia. Precisava deixar que a história se repetisse sempre do mesmo jeito.

— Você não estava fora dela. Você próprio está nela.

— Sim — diz ele —, mas em quem?

Tenso, ele apalpa meu rosto. Tem medo do que vou dizer, da coincidência entre a resposta que ele toda vez se dá e a minha. Sei qual é a resposta, mas não posso dá-la; é difícil demais para mim.

— Deus ou o diabo — digo da maneira mais branda possível —, tanto faz.

Nesse momento o garçom coloca dois pratos fumegantes diante de nossos narizes.

Clemente Brandt está curvado sobre as fatias de leitão e engole as primeiras garfadas com grande rapidez; muita coisa de uma vez só. Seus cotovelos estão virados para fora, esticados como duas asas tosadas. Sua cabeça está afundada entre os ombros e em algum lugar atrás da sua orelha surge o contorno da sua corcunda. Agarra o copo de vinho e com grandes goles empurra a comida goela abaixo, na posição mesma em que se encontra, sem colocar de lado o garfo para limpar os lábios brilhantes de gordura no guardanapo de damasco. Só levanta os olhos de vez em quando para espiar a costeleta de carneiro no meu prato.

Observo-o com crescente espanto. Ele tem a ilusão de não estar sendo observado. É tolice ou então ingenuidade, e eu hesito entre o nojo e a emoção. Tento me lembrar de como estava nervosa e agitada antes de conhecê-lo, o que o nome Clemente Brandt tinha evocado em mim antes de estarmos aqui frente à frente. Isso torna o dia novamente mais irreal, enquanto a mistura entre aversão, curiosidade e pena se torna mais real.

Meu estômago reage assustado pela hora incomum em que tem que digerir a refeição da noite. Como devagar. Temo os ruídos emergentes do meu estômago. Como Clemente ficou calado, contei-lhe como certo dia, em criança, fui ao padre e perguntei-lhe como poderia tornar-me sacerdote. Enquanto conto olho para ele, para o movimento de seus maxilares, seus lábios, suas mãos, seu rosto. A história não o comove, por isso a amplio ainda mais. Seu rosto não demonstra nenhuma reação. Desanimada pelo seu pouco caso, dou logo um fim a ela, com medo de chateá-lo por mais tempo.

Eu mal tinha comido um pedaço da costeleta de cordeiro quando Clemente se inclinou para trás e passou as mãos carinhosamente sobre a barriga em forma de pêra. A todo instante olhava para a carne macia. De repente me sinto pouco à vontade e aguardo ver sua mão atravessar a mesa para arrancar a costeleta do meu prato e começar a roê-la ostensivamente.

Ele se controla.

— Por que isso lhe interessa tanto? — pergunta ele, quando deixo de lado o garfo e a faca.

— O quê?

— Padres, Deus, a ordenação, essas coisas — diz ele.

Perguntas de outros sempre me deixam embaraçada. Soam como se nunca as tivesse feito a mim mesma e têm mais peso à medida que me parecem mais desconhecidas. Será que não existe um porquê de nunca termos feito a nós mesmos as perguntas que suscitamos nos outros? Será que o outro, que fez a pergunta, suspeitou de alguma coisa que mantemos em segredo de nós mesmos, um mal secreto, um traço de caráter indesejado, um espaço desconhecido em nosso íntimo? Posso até gostar das perguntas, mas prefiro levá-las para casa, para o lugar onde estou sozinha e só então pensar de verdade sobre uma resposta. A resposta que dou na hora é provisória, incompleta, uma primeira tentativa.

— Não sei bem — digo. — Talvez por ser uma coisa tão absoluta, isso de tornar-se padre. Afinal, não é uma profissão normal, onde você ganhe seu pão por meio do trabalho diário e, paralelamente, ainda leve uma outra vida, no tempo livre. Certamente ela abarca sua vida inteira, acho eu. O que eu quero dizer é que sua vida coincide com seu trabalho, com aquilo que você passou a ser. Não consigo explicar direito. A meus olhos é uma dedicação total, que abrange tudo, e por isso de certa maneira também é algo superior, sim. O mesmo se aplica a um artista, creio. Pode ser comparado a isso. Também é uma escolha por um tipo de vida.

— Então o que sou a seus olhos? — ele pergunta —, um artista ou um padre?

— Padre — digo imediatamente, apesar de saber que o decepciono com isso. — Para mim você é o padre, não sei por que, pois não se parece com nenhum padre que conheço e, além de tudo, a imagem que tenho de um padre não se ajusta sob nenhum aspecto à maneira como o conheci agora. No entanto, você é realmente um padre.

Minha resposta não conseguiu varrer o desânimo de seu rosto por isso acrescentei que ele é muito mais sensorial, terreno, mais normal, um desfrutador.

Ele sorri.

— Talvez você tenha mesmo razão — diz suavemente —, mas não me sinto mais padre. Já faz tanto tempo! É a primeira vez, depois de anos, que falo sobre isso com alguém.

Você me incita a falar sobre isso, sobre sacerdócio, Deus. Não sei por que nunca mais cheguei a pensar no assunto por mim mesmo ou lembrar-me daquela época. Na verdade, continuo a fazer a mesma coisa, talvez por isso. Ser padre é ter uma espécie de direito ao culto, e tal qual o convento ou a igreja, a universidade é uma comunidade-culto, com rituais, iniciações, provas, mestres e alunos. Até hoje ainda estou a serviço do verbo.

— Você acha desagradável falar sobre isso?

— Não, não — diz ele, tranqüilizando-me —, apenas me traz alguns sentimentos confusos. Por um lado é muito agradável e tenho a impressão de estar falando com você sobre algo essencial, mas por outro também me vem a sensação desagradável de estar enganando-a um pouco por discorrer sobre algo em que não acredito mais e, aliás, em que talvez nunca tenha acreditado. Deus? Deus parece uma teoria à qual aderi antigamente e que mais tarde rejeitei como infrutífera. Para mim Deus, com letras maiúsculas, já foi destronado de sua posição por outras palavras com letra maiúscula. Descreio de mim mesmo quando falo sobre isso. Acho que uso o nome dele apenas para atraí-la com a minha história.

Sua voz soa como a de um condenado que reconhece sua culpa e pergunta ao outro se ainda deve demonstrar mais arrependimento. Novamente me chama a atenção que seus olhos às vezes não cooperem com o som de sua voz. Na maioria das vezes estão como agora: inquiridores, provocativos, recalcitrantes.

Continuo confiando na voz.

Inclino-me para a frente e pouso minha mão sobre a dele por um instante.

— Não se incomode com isso — digo —, é para isso que servem as histórias.

— Para quê?

— Para fascinar.

Já perto das cinco horas, ele me leva até a estação. Apóio-me pesadamente sobre seu braço, pois estou tonta por causa do vinho. Fora do restaurante o mundo de repente é real demais para querer ser visto por mim dessa maneira. Fecho os olhos quase completamente e me deixo conduzir como uma cega.

Na terça-feira encontro um cartão postal artístico. A letra é minúscula, mas bem legível. O conteúdo não me espanta. No dia seguinte, bem cedo, recebo um pacote de livros de Jacques Derrida pelo correio. Com uma carta anexa.

Levo horas para responder. Na verdade, deveríamos parar por aqui. Sinto um medo indefinível de tudo o que está para acontecer e não tenho coragem de procurar uma explicação para isso. Leio e releio a carta dele. Pensei em você o tempo todo, muito impressionado, um pouco confuso, próxima semana para os Estados Unidos, um mês fora, encontrar-nos antes disso, fim-de-semana, conversar, comer, possível passar a noite?

Afinal é Clemente Brandt. Ele confia em mim, ele sabe muito, é uma honra poder significar algo para ele.

Finalmente respondo que muito do que ele dissera ficou rodando na minha cabeça, que suas histórias sobre o convento e o sacerdócio me inspiram durante a elaboração da minha tese de doutorado e parecem me esclarecer um pouco sobre minha própria vida, apesar de não saber exatamente como e o que, que naturalmente eu também gostaria de vê-lo de novo e então poderíamos falar sobre isso, que estou contente com os livros, obrigada, que ele é bem-vindo em Amsterdam e que passar a noite não é problema.

Afinal, tenho tudo sob controle; ou não?

Tenho tudo sob controle, menos a mim mesma quando Clemente Brandt chega no sábado à tarde e entra na minha casa com rosto radiante, oferecendo-me desajeitadamente um grande buquê de flores e me dando um beijo molhado no rosto.

Estava usando um terno claro novíssimo, frívolo demais para aquela época do ano, apagado demais para sua cor de pele e tão fino que sua corcunda parecia dobrar de tamanho. Ele o tinha comprado especialmente para o dia de hoje. Ele se sente outra pessoa, solto, feliz, jovem.

Machuca-me. Estou indo longe demais. Até seus olhos estão meio lacrimejantes hoje. Podre gnomo, desejo idiota.

— Você gosta? — pergunta ele, sem duvidar de minha resposta.

— Sim — digo — é um terno bonito, Clemente.

— Fica bem em mim?

— Perfeito.

— Como vai? Você parece um tanto tensa.

E estou mesmo. Arrependida e com remorso, vejo seu rosto mudar, sua animação murchar e sumirem de seus olhos os sonhos dos últimos dias, a loucura da compra do terno, o gozo solitário de quando mandou o pacote pelo correio e a excitação de adolescente durante o trajeto de Groningen para Amsterdam. Para me antecipar ao momento no qual a perda de um amor imaginário será total e que, absolutamente inocente, precisará se dar conta de que está em Amsterdam num prédio caindo aos pedaços, vestido como um macaco de circo, como um tolo com devaneios ridículos, digo apressadamente que a tensão se deve à maneira incomum de nos termos conhecido, por se estar à vontade com alguém tão depressa.

Digo que o aprecio muito.

Que tenho medo de decepcioná-lo.

Que tenho medo de machucá-lo.

Que confio nele.

Que vai passar logo, já que ele chegou.

Falo tanto que meus olhos se enchem de lágrimas.

— Mas, querida Ema — diz ele, e vem para perto de mim. — Você é muito querida. Não precisa ter medo. Está tudo bem, ninguém está esperando nada de você.

— Verdade?

— Do fundo de meu coração — garante ele. — Se quiser receber o que tenho para lhe dar, você me fará totalmente feliz.

São palavras libertadoras, elas me aliviam. Agradecida, apóio por um instante a cabeça em seu ombro.

Que então deposite suas ilusões em mim.

Ao cair da noite caminhamos para a ilha Biekers. Clemente tinha reservado uma mesa no Gouden Reael e pedira especialmente que fosse um lugar junto à janela, para que pudéssemos olhar sobre o Ij, disse ele. Era o último dia de março e ainda estava frio demais para se poder sair sem casaco, mas Clemente afirmava categoricamente que não estava frio, portanto tinha deixado seu casaco no carro. Havia passado o braço no meu e saltava ao meu lado como um grande pombo que enfunara as penas do pescoço e nelas o afundara. Percebi que ele virava a cabeça para meu lado de vez em quando, mas eu não olhava de volta. Já tínhamos falado muito e era hora de calar. Fiquei pensando se era verdade aquilo que ele me dissera, que eu era uma idealista antiquada que teimosamente acreditava na verdade, em algo real fora do falso, e estava à procura disso.

— Palavras como alma, verdade, o ser, bem e mal não têm a mínima importância para você — declarara ele. E é verdade.

Falo sobre a alma, o pecado, o bem e Deus como se não fosse nada. Ainda continua assim, mesmo que não sejam mais o que talvez algum dia tenham significado: a alma como uma alminha, em algum lugar perto do coração, que logo fica com uma mancha suja quando você mente, engana, xinga, critica, rouba ou apenas imagina fazer tudo isso. Quando você se confessa sinceramente com o padre ela fica limpa de novo, porque ele tem algo que você não tem, uma linha direta com o grande homem cinzento no céu.

Minha imagem de alma mudou um pouco quando apareceu um novo brinquedo no mercado, uma lousa com um mecanismo de puxar. Com uma caneta pontuda, sem tinta, escrevia-se algo sobre o plástico e quando se puxava a alça as palavras eram apagadas. A alma também era algo assim, pensei. A pedido do padre, Deus puxava essa alça da minha alma e apagava meus pecados confessados (menti dezessete vezes para quase todo mundo, critiquei diariamente os irmãos, roubei um chiclete no De Spar, fingia remorso depois do castigo da professora).

Certo dia a alma deixou de ser coisa, o pecado deixou de ser uma palavra apagável e Deus deixou de ser homem. Continuei a me apegar às palavras em si, sem ainda ter uma imagem disso. São as metáforas insistentes das primeiras histórias que chegaram aos meus ouvidos. Elas formam a topografia da minha história ancestral, onde as grandes perguntas sobre a vida e a morte casualmente tomaram essa forma e nenhuma outra.

Não as evito.

Não vejo razão para substituí-las por outras palavras que no final das contas dão no mesmo.

— Na verdade tudo não passa de uma representação teatral grotesca — dissera Clemente num suspiro profundo, porém satisfeito. Suspiro ou não, Brandt ou não, achei que era uma filosofia de nada. Preparei-me mentalmente para dar-lhe a prova cabal da inutilidade desse pensamento de uma maneira efetiva, tranqüila, mas sem deixar escapar coisa alguma.

— *Tudo* é uma palavra vazia porque não diz nada. O uso dela prova uma certa ignorância. Esconde nosso desconhecimento sobre a razão de estamos aqui e o que a vida espera de nós. Você me chama de idealista antiquada porque eu almejo a alma, mas seu pensamento se origina de bem antes de Platão. Com seu "Tudo é teatro" você pode se enquadrar junto a Heráclito e seus camaradas, para os quais o assunto também estava encerrado quando acharam que tudo era água, fogo ou ar. Não distinguir nada é o...

Fui despertada de minhas elucubrações quando alguém gritou bem alto um "Teresa" que soou como um seixo chapinhando sobre a água.

Daniel estava num dos atracadouros no cais. Caminhou em nossa direção e de súbito me tornei penosamente consciente do homem a quem dava o braço. Isso foi generosamente recompensado pelo olhar espantado de Daniel, quando os apresentei um ao outro e tive de novo a percepção agradável causada pelo cruzamento dos nomes de Clemente Brandt, dos quais um pertencia ao corcunda feio e o outro à capa de um livro.

Quando Daniel perguntou a Clemente se era o escritor, ele reagiu mau humorado, de maneira nenhuma no tom amigável a que eu estava acostumada. De repente o interesse de Daniel por mim voltou a ser especial por causa disso. Eu conhecia a verbosidade incontrolável de Daniel Daalmeyer, mas como tive a impressão de que precisaria protegê-lo contra a atitude de rejeição de Clemente, perguntei-lhe sobre a razão de sua ausência na universidade.

— Estou escrevendo um livro —disse Daniel, para meu espanto. Virou-se totalmente para meu lado e, expressando-se com desenvoltura, lembrou-me da comparação que tinha feito na época entre o esquema de vida de Hegel e a biografia de um doente.

— De repente tomou forma e meu livro trata disso. Comecei a escrevê-lo imediatamente. Está ficando genial, uma mistura de autobiografia, filosofia e ensaio médico. Na verdade, você está diante do berço de uma obra prima — completou sorrindo.

Meu braço é um bom condutor da crescente intranqüilidade de Clemente. Rapidamente dou a entender a Daniel que lhe telefonarei logo e desejo-lhe sucesso com o livro, quando percebo pelo canto do olho a maneira como Clemente levanta o braço livre para coçar ostensivamente a cabeça.

— Afinal, quem era esse? — pergunta Clemente ao seguirmos adiante.

— O epiléptico — digo.

— Como você consegue ser tão impossível? pergunto a Clemente com uma franca admiração, depois de contemplar pela janela o Ij e levantar os olhos.

— Fui de fato tão impossível? Em geral, sou razoavelmente indiferente, penso eu. Também levei uma vida inteira para adquirir a sensação de não precisar mais de ninguém. Por isso você é tão perigosa para mim — acrescentou.

Aparentemente olhei bastante assustada, porque depois disso ele tentou eliminar qualquer ameaça.

— Você vem como um presente dos céus. É sério, e estou me divertindo como há muito tempo não o faço, até mesmo com minha própria confusão. Talvez só possamos estar abertos para as pessoas quando nos aceitamos a nós mesmos, com todas as nossas esquisitices. Aprendi a desejar apenas aquilo que depende da minha própria ação, aquilo que eu próprio controlo, que não preciso receber nem de fora ou de cima, nem de quem ou o que quer que seja. É uma questão de separar nitidamente dois mundos, o mundo do sonho e o mundo real, o dia e a noite, particular e público, como quiser.

No entanto, agora que a conheci, aparece um rombo na minha parede divisória arrumada com tanto capricho, e as coisas novamente se misturam um pouco. Não faz mal, ouviu?

Clemente falava comigo num tom sério, paciente, mas não conseguia eliminar minha preocupação. Trouxeram-nos o cardápio. Por causa de uma premonição estranha tive dificuldade em ler e escolher, porque supunha que Clemente queria me contar um segredo do qual precisava se livrar antes de partir para os Estados Unidos e havia se preparado para isso. Ele estava criando coragem. Revelar o segredo era uma tentativa de liberar o caminho para nós e fiquei pensando se deveria colocar a salvo minha própria paz de espírito, dire-

As Leis

115

cionando suas fantasias a respeito de nós dois, ou ir ao encontro de seu desejo de sair da concha, e com isso também satisfazer meu orgulho de ser sua confidente.

Fizemos um farto pedido.

Por enquanto não precisava me preocupar com a noite.

— Não entendo o que você diz. Você não leva uma intensa vida social? Então, como é sua vida noturna?

Procuro parecer alguém que não foge de nenhuma resposta, nada que seja humano me é estranho, já vivenciei de tudo alguma vez, cada louco com sua mania, não o abandonarei por nada.

— Na verdade, não sei se quero falar sobre isso — diz Clemente, titubeando. Ele avalia meu olhar, mas imediatamente baixa os olhos de novo.

— Mulheres — digo eu

— Prostitutas — corrige ele.

Vendo as coisas em retrospecto, eu diria que não foi a palavra, nem o tom de sua voz, mas seus olhos me fizeram gelar e meu diafragma se contrair de tensão. Seu olhar não era tímido, furtivo, envergonhado — era de satisfação. Não era por pensar em prostitutas que ele olhava assim, era por pensar em mim. Minha reação foi provocada por seu apetite.

Eu via a coisa como um desafio. (Errado)

Continuei perguntando. (Errado)

— Putas? — pergunto, quando o garçon coloca o *Zwezerik145* à minha frente.

— Não as comuns — diz Clemente, quando o garçon se afastou.

Então ele recebe a reação que esperava: já não sei mais nada. Até então ainda não conhecia nada sobre perversidades. Clemente registra com precisão meu medo súbito. Ele se torna suave e cauteloso.

— Está gostoso, Em?

— Sim, delicioso.

— Posso experimentar um pouco?

— Claro. Não, espere. Eu mesma corto um pedacinho para você.

Uma vez por mês elas vêm à sua casa. A senhora Justina serve como intermediária. Ela as escolhe para ele. Ele também sabe que o nome dela não é esse, mas pensa freqüentemente em Justina. Nunca a viu, só a conhece por telefone e apegou-se a ela. Acha que ela escolhe as garotas para ele com carinho. Às vezes, surpreende-se pensando nela quando está com uma das garotas.

Só tem mulheres especiais. Mulheres especiais trazem uma mala. Isso precisa de muita coisa, senão não funciona.

Elas o prendem, penduram, amarram, batem nele, rasgam-no ao meio.

— É terrível — diz. Sua mão treme quando leva o copo de vinho à boca. Toma um gole, engasga-se, tem um enorme acesso de tosse. Desculpa-se tossindo, levanta-se, vai até o toalete. Tropeça, mas consegue se manter em pé.

Sigo-o com os olhos, mas não estou mais presente.

Quando puxo sua camisa para fora da calça, ele geme:

— Não, oh não.

Desabotôo sua camisa lentamente. Ele coloca as mãos nos meus quadris, mas tiro-as de lá.

— Não, Clemente Não me toque.

Também não quero beijos.

Tiro os óculos de cima de seu nariz, puxo-lhe a camisa pelos braços e tiro sua camiseta pela cabeça. Ele tem muitas pintas grandes no peito, são quase verrugas, com pelinhos. Apenas a pele em volta da corcova é bonita. Essa eu aliso. Beijo suas mamas. Ele geme.

Ajoelho-me na sua frente e solto os cordões de seus sapatos, sento-o na beira da cama e tiro-lhe os sapatos, depois as meias. Pego seus pés em minhas mãos, um por um, passo a mão sobre o calcanhar, massageio as solas, passo a língua entre os dedos de seus pés e os lambo até ficarem limpos.

Ele coloca uma das mãos sobre minha cabeça. Tiro-a de lá e ponho-a de volta em seu colo.

Ainda ajoelhada solto seu cinto, e puxo para baixo a calça e a cueca ao mesmo tempo. Ele está encolhido na beira da cama e acompanha todos os meus movimentos. Quando me levanto e me curvo para a frente a fim de afastar os lençóis, ouço-o soluçar. Olho para ele.

— Este é o dia mais feliz de minha vida — diz ele.

Não digo nada. Pego-o pelos ombros, deito-o e cubro-o com os lençóis.

Só volto a mim quando acordo no meio da noite, sem motivo aparente. Estou deitada de costas e olho fixamente para o teto. É domingo.

Concentro-me no ruído áspero de sua respiração e faço uma comparação com um tubo de ar, contendo uma bola de gosma que é impulsionada para cima quando ele expira, por pouco não alcança o topo, desliza raspando pelas paredes do tubo, cai, sobe de novo, desce.

Não adianta.

Estou totalmente inacessível, a não ser ao nojo.

5.
O FÍSICO

Enterramos Miel van Eysden numa manhã de janeiro. O tempo dá o melhor de si. O vento mal consegue ser mais cortante. Ele persegue algumas nuvens negras de trovoada acima de nossas cabeças, espanta-as dividindo-as e depois junta-as novamente. De vez em quando uma das nuvens despeja uma chuva gelada, que cai exatamente sobre o pequeno cortejo congelado de estranhos que segue o esquife. E é assim que deve ser.

A mãe de Miel encabeça o cortejo, logo após o carro fúnebre. Seu grande nariz está muito vermelho, o cabelo branco grudado à cabeça como uma peruca de feno. Parece-se com um palhaço. Caminha sozinha e aprumada. Fixa o solo. De vez em quando precisa conter o passo, senão passaria direto pelo carro preto. Ela não precisa ser amparada por ninguém.

De vez em quando olho para o homem ao meu lado. Não demais. Nos primeiros minutos em que olho para ele não sei como devo me acalmar e como calar meu estômago barulhento.

Tento pensar em Miel e na morte, mas dentro de mim as coisas se confundem e eu penso na morte, no amor e na vida ao mesmo tempo. O melhor que consigo imaginar é que o próprio Miel ainda está por trás disso, dirigindo as coisas de tal maneira que sua morte é novamente o ponto de partida de outras confusões e ainda serve para alguma coisa.

Faço contas na minha cabeça. Somo os números que pertencem a este dia, este mês e este ano, multiplico-os, diminuo uns dos outros, divido-os. Quero chegar a 23. Há quantos dias atrás recebi aquela carta? Que dia era?

O ruído na caixa de correio sempre foi para mim um sinal para parar com aquilo que me ocupava. Não foram poucas as vezes que eu parei a leitura no meio de uma frase, e desci as escadas correndo para apanhar a correspondência.

Alguns envelopes estavam no chão do corredor. Do degrau superior do último lance da escada eu podia ver aquele metro quadrado de área e já procurava avaliar se entre tanta coisa havia algo de interessante, e se eu não estava sendo tapeada pelos decepcionantes envelopes cinza-esverdeados do giro[11]. Cartas eram o melhor de tudo e naquele dia eu estava com sorte, porque logo vi um envelope aéreo azul, que é o rei dos envelopes.

Quanto cheguei embaixo vi que a carta era endereçada a M. Lune, o que estranhei, pois a letra não era a do astrólogo. No verso não constava o remetente.

Correio evoca uma espécie estranha de tensão e eu sou viciada em tensão. É um desejo esquisito porque a tensão na qual somos viciados é acompanhada por um desejo igualmente grande de eliminá-la e, com isso, dar um fim a esse prazer.

Com cartas você consegue dividir o jogo direitinho e ter o campo só para si. Ali está uma história embrulhada e o decorrer dela é desconhecido. Você próprio pode brincar de juiz entre a tensão causada pelo desconhecimento do conteúdo da carta, e o desejo de conhecê-lo o mais depressa possível. Aquilo que algum dia foi escrito e enviado está ao seu alcance. Isso ninguém lhe tira mais.

Coloquei o envelope fechado sobre a mesa, como era meu costume fazer com cartas. Fui até a cozinha. Passei manteiga numa fatia de pão preto da maneira mais controlada possível, procurei na geladeira algo para pôr no pão, mas descobri que o queijo tinha acabado. Agora estava ficando difícil. Poderia esticar o tempo e ir até a loja de queijos na esquina,

---

[11] Sistema de cobrança e pagamento usado nos Países Baixos, entre outros. (N. da T.)

preparar uma omelete completa com ervas finas ou restringir-me ao pepino, que estava à mão. Decidi pelo último. Um a zero para a carta. Dediquei então um pouco de tempo ao pepino, cortei-o em fatias finas, coloquei um pouco de pimenta-do-reino, sal e orégano, e lembrei-me de repente que ainda tinha um pouco de raiz-forte. Coloquei um montinho dela ao lado da fatia de pão. Livrei um canto da mesa da sala, voltei ainda uma vez para a cozinha a fim de pegar um copo, e servi-me de vinho tinto da garrafa que já estava aberta. Um a um. Tomei um gole brindando a vida e a solidão da felicidade, e abri o envelope rutilante com uma das pontas da tesoura.

O envelope continhas duas folhas, uma azul escrita à mão e uma outra que, à primeira vista, parecia um telex ou um texto impresso de computador. Tanto na frente quanto no verso da última folha, escrito com a letra que eu não conhecia, lia-se:

"É melhor ler isto primeiro."

Mantive-me sob controle para não estragar o suspense, não olhando o verso da folha azul para saber quem era o remetente, e segui a ordem de ler primeiro a folha batida à máquina.

AUVERS-SUR-OISE — Cães farejadores encontraram ontem os restos mortais de M. Van E., de Amsterdam, 47 anos de idade. Há uma semana que não se sabia de seu paradeiro. Ele caiu numa ravina de vinte metros de profundidade. Conforme a polícia, os ferimentos na cabeça indicam morte instantânea.

Fiquei olhando para a notícia e procurei me conscientizar de que ela se referia ao astrólogo, que ele estava morto. Demorou um tempinho. Depois disso estava claro. Achei que a tristeza agora deveria vir depressa, mas ela estava presa atrás de um bloco quadrado que picava minha garganta com suas arestas pontiagudas. Apenas criou-se espaço para o ar e também para a dor, quando frases muito antigas surgiram sem pedir licença, prontinhas, como se sempre tivessem estado na minha cabeça, esperando pacientemente para serem repetidas por todo o sempre, interminavelmente.

"Que Deus tenha sua alma", murmurei, "que Deus tenha piedade dele, que ele possa descansar em paz, *ad resurrectionem mortuorum*".

Meu pobre amigo, pobre alma!

A folha azul já não tinha mais o mínimo suspense. Eu fazia idéia sobre quem a tinha escrito.

Paris, janeiro de 1984

Prezada M. Lune,

Desculpe-me tratá-la por um nome que agora talvez a magoe, mas nunca ouvi Miel falar sobre você a não ser como Monsieur Lune. Na verdade também acho bonito. Não sei seu nome verdadeiro e em sua agenda ele está escrito dessa maneira. Bem típico de Miel.

A notícia anexa estará nos jornais dos Países Baixos hoje ou amanhã. Acho que você tem o direito de ficar sabendo da morte de Miel de uma maneira mais pessoal.

A Sra. Eysden foi imediatamente contatada pela polícia francesa e identificou o corpo de Miel na manhã em que o descobriram. Ela me ligou de Auvers. Disse-me algo sobre um sorriso de paz nos lábios dele. Para consolar, acho eu.

Se tudo correr bem, amanhã o corpo será removido por avião para os Países Baixos e ele será enterrado em Hengelo, na próxima segunda-feira. Lá os Van Eysden têm um túmulo de família. O pai dele também foi enterrado lá.

Amanhã de manhã tomarei o trem para os Países Baixos e assistirei ao enterro na segunda-feira. Gostaria de encontrá-la. Miel falou muitas vezes de você. Quando chegar telefonarei para saber se um encontro lhe convém e se podemos combinar algo.

Desejo-lhe forças, porque isso realmente é muito triste. Desculpe a letra ruim.

Hugo Morland

O astrólogo sempre começava e terminava em Paris suas viagens pela França. Sua hospedagem favorita era a casa de Hugo Morland e sua mulher Sybille. Ele era holandês, sua mulher francesa, e ambos trabalhavam como físicos no Institut d'Astrophysique.

O astrólogo, num certo momento, classificou-os como a imagem espelhada de seus próprios pais: tudo o que estes tinham de negativo voltava em forma positiva nos Morlands. Não me lembro mais de como o astrólogo conhecera Hugo Morland, mas eu sabia que se tratava de uma amizade de anos, que tinha começado em sua juventude nos Países Baixos.

As histórias do astrólogo sempre me deixavam curiosa a respeito de Monsieur et Madame Curie, como ele também os chamava. Fiquei decepcionada quando visitei Paris com ele há alguns anos e descobri que os Morlands tinham ido na ocasião para um congresso em Berkeley.

Sinto uma admiração secreta pela física. Se há alguém capaz de representar a figura do inventor genial, distraído, fazendo mágicas com fórmulas, esse é sem dúvida o físico. Comparada a essa ciência exata, a filosofia toma logo o aspecto de coisa etérea porque os filósofos sempre quebram as cabeças sobre as mesmas questões que os físicos apresentam e que eles há muito já não conseguem acompanhar. Será que o importante não é descobrir as ligações entre a origem do universo, a vida, os limites do mundo, a essência do tempo, para que tudo possa ser compreendido sob um único pensamento abrangente e simples? Para que toda essa encrenca entre física e filosofia?

Eu mesma também acho que eles têm uma mente clara, esses físicos, mais arejada do que a dos filósofos, destituída de romantismo, mas também por isso, eu diria, um tanto a-

As Leis

literária. O filósofo, na verdade, permanece escravo de uma retórica menosprezada, apesar de suas tentativas desesperadas de ser uma criatura da realidade.

A excitante expectativa de finalmente conhecer um físico de verdade, um homem de ciência, tolheu a dor que a lembrança do astrólogo me causava, nossas horas, nossas conversas, seus olhos tristes, o corpo curvado, suas lágrimas e sua loucura. Indo e vindo entre nós, o astrólogo já nos unira por uma teia de histórias e eu estava curiosa para ver se as descrições dele conferiam. Além de tudo, também queria saber por que um físico aconselhara o astrólogo, na época, a levar Foucault para mim.

Era quinta-feira, quatro dias antes do enterro. Ele ligou naquela mesma noite.

— Monsieur Lune? Sim, aqui fala Morland — e depois calou-se por completo.

Um tremor — acho que o senti de imediato — causado pela lentidão com que pronunciava seu nome, o ritmo pulsante de como emitia as palavras, com uma pausa entre elas, envolvido em silêncio e flutuando em tranqüilidade. O silêncio a seguir foi tão grande que precisei logo dar-lhe efusivas boas-vindas, perguntar se a viagem tinha sido boa, etc., para aliviar a tensão que se criou.

Cada resposta que ele dava era curtíssima e tinha o mesmo ritmo das suas primeiras palavras, com aquele intervalo vergonhosamente longo.

Ele queira comer peixe. Iríamos nos encontrar no saguão de seu hotel e depois comer no Lucius.

— Como iremos nos reconhecer?

— Nós nos reconheceremos. — assegurou ele.

E assim foi.

Ele estava de pé, com os braços cruzados, e se apoiava descontraidamente na pilastra de mármore no meio do saguão.

Os traços de seu rosto eram uma extensão literal da lentidão de sua voz. O que principalmente chamava a atenção naquele rosto eram os olhos fundos, meio fechados. Tinha aproximadamente quarenta anos, era meio calvo, face larga e boca grande, da qual o lábio inferior se apoiava numa protuberância levemente inclinada para baixo, sem que houvesse uma separação nítida entre esses dois. O lábio superior era diferente, mais estreito, dividido ao meio por uma linha ondulada.

Não era homem que se poderia chamar de bonito. Tinha algo que eu já notara em outra pessoa — a elasticidade preguiçosa, a sensualidade de um ritmo — e que percebi primeiro no ritmo de sua voz, depois em seu rosto e mais tarde em todos os movimentos de seu corpo. Quando andava tinha algo de um leão satisfeito e preguiçoso sob um sol ardente. Nenhum movimento dele era brusco.

Olhou para mim, mas não se moveu. Não sorriu, não ergueu as pálpebras nem preparou o rosto para o jogo que as pessoas usualmente praticam quando se cumprimentam. Isso me deixou totalmente atrapalhada. Achei-o irresistível.

— Hugo? — pergunto, enquanto me dirijo a ele.

— Lune — diz ele, desencostando-se lentamente da pilastra.

Esperávamos pelo demônio-do-mar[12]. Tinha realmente sido um acidente? perguntamos um ao outro. Não sabíamos.

Hugo ainda o tinha visto em Paris, três meses antes de sua morte.

— Ele já estava muito confuso ao voltar de Amsterdam e quando você o viu pela última vez. Depois disso vagueou pelo Sul, procurando novamente um lugar, acho eu. Deve ter sido no final de setembro, quando nos telefonou perguntando se poderia dormir algumas noites em nossa casa.

Tinha a aparência muito desgrenhada, pior que nas ve-

---

[12] Espécie de peixe. (N. da T.)

zes anteriores. Eu mal conseguia acompanhar o que ele dizia. Miel se tornara o único iniciado em seu próprio sistema. Todas aquelas ligações... realmente era demais. Na época ele falava muito sobre sua aversão a Van Gogh, mas dizia que era implacavelmente sugado para os lugares onde Van Gogh vivera e trabalhara. "E então, de repente, estou em Arles de novo", você sabe como Miel contava as coisas. Contou que tinha passeado um pouco por lá, pelos campos, sem realmente saber o que estava procurando. De repente um corvo ficara doido, ou algo assim, e o atacara. Tinha lhe dado uma bicada na orelha e saíra voando novamente. Ficou muito perturbado com isso.

Muitas vezes Miel tinha histórias estranhas. Sempre acreditei nelas. Pelo menos não fantasiava quando falava sobre a verdadeira realidade. Ele até me mostrou a casca da ferida no lóbulo da orelha. Estranho, não? Na verdade, foi aí que, pela primeira vez, pensei que Miel estava ficando totalmente maluco.

— Pobre astrólogo!

— Sybille chamava a isso de *Le besoin de la fatalité*.

— Bem colocado — disse eu, e ainda fiquei falando um pouquinho sobre o consolo da expressão adequada, a descrição poética, a imagem apropriada. Não adiantou nada. A imagem do astrólogo solitário, vagando pelos campos da França, e o desejo sufocante de apertar-me de encontro ao corpo de Hugo para ficar chorando ali por muito tempo não se deixaram afugentar tão facilmente.

Meu arrependimento aumentava à medida que a noite avançava e eu ia obtendo, como nunca antes, um conhecimento maior da história do astrólogo. Com freqüência me lembrava de momentos dolorosos, nos quais tinha sido agressiva com ele ou não o tinha deixado entrar.

O astrólogo fora o antigo vizinho de Hugo. Eles tinham o mesmo *hobby*: as estrelas. Hugo ganhara um telescópio de seus pais em seu décimo primeiro aniversário e desde então o astrólogo passava dias inteiros no quarto do sótão dele. O astrólogo não gostava de sua casa. Hugo também a achava desagradável. Ele descrevia o velho Van Eysden como um homem grosseiro, autoritário, um bom cientista, um mau pai, apaixonado pela exatidão de sua mulher, pelas profundezas imensuráveis da terra e de seu próprio intelecto, e cheio de uma fria indiferença para com tudo o que não se enquadrasse nisso. Miel não se enquadrava nisso. Ele morria de medo do pai.

— Miel sempre tivera a impressão de que seus pais o tinham mutilado para toda a vida. Nunca se livrou disso. Na verdade, permaneceu sempre um homem muito pueril, que tinha medo de empreender qualquer coisa, medo de, aos olhos do pai, errar. Sua mãe deveria tê-lo salvo, mas ela não via os defeitos dele. Ela sempre tinha idolatrado o marido.

Miel às vezes entrava no meu quarto tremendo de raiva contida e eu pensava que ele iria explodir diante de meus olhos. "Dê-lhe um belo soco", eu dizia, mas ele não era capaz disso. E então acabávamos olhando de novo para as estrelas. Isso o acalmava. Então, conforme dizia, ele conseguia ver e entender tudo. "É assim mesmo", exclamava então, quase feliz. Isso porque tinha visto que o Marte de seu pai estava bloqueando seu Sol naquele dia, ou algo assim. Toda aquela besteirada o mantinha de pé.

Rimos tristemente um para o outro. Não tenho coragem de dizer-lhe que meu maior desejo seria ter o astrólogo conosco à mesa e que ele lesse as estrelas para nós. Por isso conto que a imagem da roda na cabeça do astrólogo me volta à lembrança o tempo todo e que agora ela está despedaçada, como o cérebro dele.

— Sim — diz Hugo —, ele sempre tinha o céu na cabeça. O que ele fazia era, até certo ponto, o mesmo que eu faço. Trabalhava com medidas exatas, sabia como era lá em cima, olhava, calculava, estabelecia as posições dos planetas no espaço com precisão de graus, conhecia suas órbitas. Só que depois se transformava no mágico e eu não. Depois de mapear o firmamento, usava a topologia do céu para tracejar a topografia do espírito humano. Naturalmente, é aí que começa a mistificação. O mágico não se atem às estrelas mas salta de cima para baixo, com os cálculos nas mãos, e passa a afirmar algo sobre o caráter das pessoas e sobre como este está ligado às estrelas. O astrônomo também procura ligações, mas fica no alto, perto das estrelas, e procura conhecer algo sobre o comportamento delas, se pudermos chamar assim.

Será que ele era capaz de entender por que um virou astrólogo e o outro astrônomo?

— Certa vez li que a filosofia que adotamos, no final das contas, tem a ver com quem somos, como pessoa. É assim mesmo?

Concordo.

— Éramos pessoas diferentes, ele e eu. Pode-se dizer que Miel tinha necessidade de infortúnio, mas do mesmo jeito pode-se dizer que era uma necessidade de autoridade, de alguém que lhe ditasse as regras, que o aprovasse ou desaprovasse, alguém que o avaliasse. Acho que me tornei físico porque não suporto nenhum tipo de autoridade. O sonho de adolescente do físico é destronar as leis que estão no poder naquele momento. A física nunca considera algo absoluto ou imutável, e uma atitude dessas combina comigo. Fiz disso minha profissão.

Comemos pouco e bebemos muito.

— Você tem sorte — disse Hugo, quando estávamos do lado de fora, por volta das dez. Tinha colocado a mão em meu ombro e lançado um olhar para cima. Entendi que se referia à Lua, que pendia completamente cheia sobre Amsterdam.

— Continua sendo um pensamento fantástico — disse ele. — Vemos aquelas estrelas e olhamos para uma coisa que não existe mais. O que você vê agora é tempo passado.

Eu sabia disso. Já tinha lido alguma vez.

A mão no meu ombro pesava mais do que aquele conhecimento.

Caminhamos de volta para seu hotel. Ele tinha dito que não queria dormir tarde. Estava cansado da viagem e prometera a Sybille que ainda lhe telefonaria.

A decepção já era doída demais e decidi não criar ilusões, o que não deu certo.

Depois de nos despedirmos na entrada do hotel e ele ter tomado minha cabeça nas mãos e me dado um beijo na boca, com toda a calma, sem pressa, sem rigidez, dizendo que Miel não poderia ter inventado nome melhor, agüentei pedalar a bicicleta até ter certeza de estar fora do alcance de sua vista, desci, debrucei-me no parapeito de uma ponte e deixei, o mais abafado possível, que um acesso de choro tomasse conta de mim.

— Imbecil — disse para a noite, porque também não sabia quem eu poderia xingar desse jeito, e além do mais acho que uma coisa dessas não deve ser dita, em alto e bom som, para quem quer que seja.

O que tenho a oferecer? Nada. Comparada a ele sou um punhado de nervos amedrontados e ele, com certeza, está totalmente satisfeito com sua francesa. Não há como fazer frente a isso. Francesa — isso é mais ou menos o equivalente a perfeito. Mulher bonita, uma amante diplomada, graciosa, esbelta, com pernas longas, segura, elegante, fina, esperta e além de tudo inteligente. Trabalham juntos, o que você quer mais? Sr. e Sra. Curie: o nome desse casal nunca retratou tão bem, desde Platão, a harmonia perfeita entre um homem e uma mulher. Ele gosta dela. Fala constantemente nela, Sybille. Ele é maravilhoso. Absurdo, desejo idiota.

O toque do telefone pôs fim ao meu monólogo.

— Lune — disse ele —, quero ver o mar. A partir das duas horas tenho um carro à minha disposição. Você vai junto?

Não gosto de passear na praia. Aborreço-me na praia. Lá fora está supergelado, e em dois tempos estarei congelada. Preciso usar sapatos baixos para andar e aí sim, ele será duas vezes mais alto. O vento deixa minha cara totalmente vermelha. Ele é casado.

— Sim.

O carro estava bem aquecido e ele dirigia sem a mínima pressa. Apoiava-se com o braço esquerdo na maçaneta da porta e sua mão direita estava no alto da direção. Todos os outros carros nos ultrapassavam. Isso não o aborrecia. A mim também não importava. Ele estava calado e olhava um pouco para a paisagem e às vezes para mim. Eu também não tinha muito a dizer e olhava muito para ele.

Confiava nele. O estranho em Hugo era que sua confiança provinha justamente da imprevisibilidade de suas reações, porque ele não fazia teatro. Todo o lero-lero das convenções não tinha nenhum efeito sobre ele e aos meus olhos até se tornava um frívolo jogo de caretas por causa de sua recusa tranqüila de responder a um sorriso com um sorriso, um aceno de cabeça com um aceno de cabeça, um olhar com um olhar. Não é verdade que, quando outra pessoa vem ao nosso encontro, estamos acostumados a vê-la reagir imediatamente a nós — como um ator de teatro reage à fala de seu parceiro — alterando a expressão facial e não nos deixando na fria solidão de um gesto não correspondido? Pois Hugo o fazia. Isso me dava vontade de rir o tempo todo, um riso um pouco nervoso, ridiculamente sozinha e ao mesmo tempo cheia de admiração pela sua maneira inusitada de derrubar uma causalidade esperada.

Depois de dez minutos andando a pé era visível para ele que eu estava gelada até os ossos. Por isso andamos imediatamente até um restaurante nas dunas e para mim demorou demais até chegarmos lá.

— Porcaria de circulação — resmungou ele, quando tirei dez dedos esbranquiçados, congelados de frio, das luvas. Tomou minhas mãos nas suas mãos quentes e segurou-as calmamente. Olhei para ele e sorri. Ele também olhou para mim e, portanto, não sorriu.

Surpreendi-me novamente com os olhos de Hugo. Ontem poderia ter sido cansaço, mas hoje eles continuavam do mesmo jeito, afundados nas pálpebras com arcos profundos e semifechadas.

Um garçom veio tomar nota de nosso pedido e aproveitei a oportunidade para trazer minhas mãos para junto de mim porque achei que já tinha sido suficiente. Ainda as apertou por um momento, antes de soltá-las. Isso me confundiu. Minhas mãos de repente também me incomodaram: junto a ele estariam em um lugar mais apropriado.

Tomamos café com conhaque e perguntei-lhe o que ele afinal fazia, lá em Paris.

— Faço cálculos.

— O que você calcula? — perguntei, e ele então tentou me explicar o que significa calcular probabilidades, porque a matéria na física, no final das contas, não importa, mas sim as tendências, acontecimentos, e porque ele precisava trabalhar com algo como probabilidade. Contou sobre a decadência das estrelas, sobre a intangibilidade da gravidade, sobre tempo virtual e sobre buracos negros.

Para ser sincera eu não sabia o que estava escutando e nem adiantou ele ter pego uma caneta para fazer desenhos, atrás das rodelas de cerveja, de aparelhos usados em testes para demonstrar que nada mais pode ser provado com absoluta certeza.

Ele estava sendo bem claro, não era esse o problema, e sempre começava de novo quando via que eu não entendia, mas o que ele contava simplesmente não me alcançava. Eu entendia as palavras, porque as palavras eram transparentes como vidro e sobretudo tinham algo conhecido, porque também eram usadas em estudos sobre ficção, elipses, parábolas e similares. Mas eu estava ouvindo a coisa mais inimaginável que ouvira nos últimos tempos, porque não a entendia. Estava confusa, excitada, e gostaria de ter estudado física.

Ele riu da avidez com que eu escutava, fazendo-o repetir sempre a mesma coisa.

— Vendo você, posso imaginar o que os pobres sábios do começo do século precisaram enfrentar — disse ele. — De uma vez só o mundo vira de cabeça para baixo e cada dia surge uma nova prova da incerteza das leis, que os acompanharam desde o início como cientistas. Precisam ver, com tristeza, que o ideal secular de proporcionar uma descrição total e objetiva da natureza está sendo varrido do mapa. O mundo bonito e imaculado precisa ser novamente dividido por causa da mecânica quântica e nessa divisão é liberado um espaço onde o próprio físico se faz perguntas que não lhe permitem manter sua subjetividade do lado de fora do laboratório. Isto é bastante patente em alguém como Einstein, na teimosia com que ele tenta conservar a integridade de um mundo fragmentado e procura de todas as maneiras manter coisas, como o acaso, fora dos domínios da física. Sabe o que ele disse?

— Não.

— "Ele não joga com dados!" — disse ele.

— Einstein disse isso?

— Parece.

— Então Einstein acreditava em Deus?

— Em todo caso Einstein não acreditava no acaso, Lune.

Havia um razoável tumulto na minha cabeça. Tentei guardar o que Hugo tinha dito sobre decadência, sobre imagens refletidas, partículas livres, o paradoxo dos gêmeos, o início e o fim do universo, o princípio da incerteza e a lei do caos crescente, mas não conseguia — era inimaginável demais. Na verdade, o mais impensável de tudo era que todos esses princípios esplêndidos pertenciam à física. Enquanto ouvia sobre eles e escutava como Hugo os utilizava para me esclarecer algo sobre nêutrons, prótons e fótons, já os trazia para junto de mim, destituía-os de seu significado no mundo da física, para forjálos em palavras que poderiam dizer algo sobre a vida em geral e a do escritor em particular.

— Na verdade são construções matemáticas — disse Hugo —, e quando criamos algo precisamos, para entender nem que seja uma fração daquela realidade, agir por um instante como se essas criações fossem reais, como se fossem substâncias, matéria, algo presente no espaço e no tempo. Mas continuam sendo palavras, com as quais brincamos, nomes que demos a fórmulas e números. Você simplesmente tem uma imagem errada de nós, Lune. Não se engane, há pessoas muito especiais nessa matéria. Eles inventam nomes malucos para as partículas, um pouco místicos também, apesar de eu não gostar nada disso.

— Quais?

— Não consigo traduzi-los. Usamos termos ingleses como *charm*, por exemplo, e *strangeness*. Como você traduziria isso?

— *Strangeness*? Como nome para uma criação mental? Uma esquisiticezinha, eu diria. Mas *charm, a charm*? Não é um amuleto ou coisa parecida?

— *Un charmeur* é um mágico.

— Você é um *charmeur*?

— Quase nada — diz Hugo, e pela primeira vez vejo que ele pode se sentir acanhado. Há um leve tremor em seu lábio inferior. Ele me olha calmamente e sorri. Então diz, falando para si — mas eu escuto — que, no momento se sente mais a vítima de um encantamento.

Nesse momento sei que nos tornaremos amantes. Ele começa a suspeitar disso.

Já é tarde quando decidimos voltar à praia mais uma vez, para olhar o pôr-do-sol. O conhaque aqueceu meu sangue e o frio não me incomoda mais. Precisamos andar um bom pedaço pelas dunas e depois descer um morro. Estou animada e também com um certo medo. Pelo que está para vir, pela nudez e pelo amor.

Talvez seja por isso que não desço o morro andando, mas sim correndo, e continuo correndo pela praia na direção do brilho vermelho da água. Sinto-me mais jovem do que sou, e muito valente. Também teria vontade de gritar e de rolar na areia, mas não o faço. Só quando estou sem fôlego e paro é que escuto seus passos atrás de mim. Viro-me. Vejo que ele corre como um atleta. Dobro os joelhos, bato algumas vezes com as mãos sobre minhas coxas e abro bem os braços. Venha, venha para mim.

Ele não se deixa enganar por isso. Pára de correr e aproxima-se, abraça minhas pernas na altura dos joelhos e me levanta no ar. Preciso agarrar sua cabeça.

— Você é levezinha — diz ele.

Escorrego para baixo, bem apertada de encontro a seu corpo, até nossos rostos atingirem a mesma altura. Enrosco minhas pernas em sua cintura. Sinto que ele também me quer. Vou beijá-lo. Faço um biquinho e me aproximo. Ele não faz um único movimento com a boca — agora já conheço isso — e aperto meus lábios sorridentes contra os dele, inspiro-o. Seus lábios são inesperadamente macios. Fico intensamente calma e encosto minha bochecha na sua bochecha.

— Lune?

— Sim.

— Acho que vou ter um pouco de doença de lua[13] — diz ele.

— Viva! — digo eu.

Ficamos olhando para aquele sol por um tempinho até ele dizer uma coisa horrível e eu querer ir imediatamente para casa. Ele disse que o sol também estava decaindo.

— O sol está perdendo seu brilho aos poucos — disse ele, e que depois disso deixaríamos de existir. Perguntei-lhe por que estava me contando isso agora, uma coisa tão triste, jus-

---

[13] Doença de lua = ficar maluco. (N. da T.)

tamente no momento em que eu desejava a eternidade mais do que nunca. Disse-lhe que já não tinha mais a mínima vontade de dar um passo sequer, de fazer o que quer que fosse, de planejar. E como é que ele conseguia continuar a viver sabendo disso?

— Mas ainda vai levar pelo menos cinco milhões de anos — explicou ele, espantado.

— Agora isso realmente não me importa nem um pouco. Não altera o fato. Uma eternidade é uma eternidade e esta não pode ter fim. Nunca.

Ele se assustou, eu estava triste. Virou meu rosto para si.

— Não é por isso que você está chorando — disse ele —, na verdade é por outra coisa.

Pode ser.

Ficamos calados durante a volta. Indico-lhe o caminho para minha casa em Amsterdam. É óbvio. Não precisamos falar sobre isso. Apenas quando passamos pelo limiar de minha porta e eu o vejo ali — um homem grande no meu pequeno quarto, que estava entupido de livros, com papel por todos os lados, montes de papel, onde na verdade nenhum homem poderia entrar sem que um relacionamento fosse danificado, o relacionamento com aquele quarto e aqueles livros, com as relíquias do meu isolamento —, só então é que de repente tenho vontade de falar muito e sem parar.

Ele vê minha desolação. Levanta-me e me carrega para a cama no canto do quarto. Deita-me e senta-se ao meu lado. Acaricia meu rosto, minha testa. Ocorre-me algo sem sentido, não sei por que, mas preciso dizê-lo.

— Hugo? — pergunto com os olhos fechados.

— Sim.

— Vou dizer uma coisa esquisita. Posso? Quero lhe pedir um favor. Quero lhe perguntar se você quer me iniciar no amor, se você quer ser meu mestre. É pura mentira, mas neste momento quero lhe dizer que ainda sou virgem e que não

As Leis

sei nada sobre o amor. Isso nem é verdade. Com certeza fiz tudo o que Deus proibiu sob o sol, mas hoje me sinto como se ainda fosse virgem e nunca tenha ido com um homem para a cama. Você pode me ensinar a fazer amor?

Abro os olhos. Seu olhar é meigo. Ele olha com seriedade.

— Está certo — diz.

— Você não precisa falar sobre amor — digo —, mas precisa me contar tudo sobre seu corpo, revelar-me o segredo dele. Quero aprender a conhecê-lo.

Na manhã seguinte eu já estivera olhando fixamente para seu rosto por um bom tempo antes que ele acordasse. Não consigo desviar os olhos dele, mesmo que o queira, porque me comparo muito a uma atriz de segunda linha num filme de segunda categoria, mas afinal é assim mesmo, preciso olhar.

Ele acorda da mesma maneira como anda e olha, como me deu aula à noite: calmo, fluente, como se não existisse um abismo profundo entre sonho e realidade.

— Lune — diz languidamente, e passa o braço em volta de mim.

— Mestre — digo eu.

— Como você se sente? — pergunta.

— Madura — respondo.

Tomamos café. Estamos à mesa entre as paredes com livros. A figura do Sr. Foucault pende orgulhosamene contra uma das prateleiras de livros. Eu tinha cortado a foto de uma revista. Ele está à mesa com uma máquina simples de escrever. Tem como pano de fundo as paredes de sua casa, cheias de livros. Está sentado numa cadeira de madeira e apóia o braço na beira da mesa. É totalmente calvo e usa óculos, com lentes retangulares numa armação de metal. Olha para quem o observa. Olho todos os dias para ele. Hoje acho que Hugo e ele se parecem um pouco, sem perceber claramente onde está a semelhança.

— Você ainda se ocupa de Foucault? — pergunta Hugo, ao ver a foto.

— Também o desejo — digo rindo. — Você mandou para cá seu próprio rival.

— Eu já temia isso — diz ele.

Hugo me pergunta por que estudo filosofia. Hesito em dar a resposta: "Para praticar o morrer", ou: "Porque desejo um destino próprio". As duas respostas são igualmente bonitas. Nenhuma delas é minha. Na verdade, são bonitas demais para serem verdadeiras.

— Para aprender a viver — respondo finalmente, sem saber que outra pessoa já tinha dito isso uma vez. Só descubro isso mais tarde.

— Então você não sabe fazer isso?

— O quê?

— Viver.

— Não — confesso —, não sou suficientemente boa nisso.

Ele me pergunta se posso aprendê-lo isso de alguém como Foucault.

— De Foucault, sim, e de você.

De quem mais?

Até a manhã do enterro saímos de casa apenas uma vez, para comprar suprimentos. Depois ficamos em casa. O aquecedor está ligado bem alto. Está gostosamente quente em casa.

Ele consegue ficar imóvel na cama durante horas, dormindo, olhando, lendo. Sou mais irrequieta, levanto-me regularmente, sento-me à mesa para poder olhar para ele e tento estudar um pouco.

Às vezes ele me chama:

— Lune, venha se deitar um instante comigo, ainda preciso lhe ensinar uma coisa.

Perguntei se ele já tinha traído sua mulher alguma vez. Disse que não. O que Sybille acharia disso?, perguntei.

As Leis

137

— Ela vai quebrar todos os meus ossos — respondeu ele.

— Você vai contar para ela? — perguntei.

— Sim — diz ele.

Sinto muita vergonha, mas nunca dura muito. Digo-lhe que é por causa dele, do seu modo imperturbável, e também pela obscuridade de seu rosto, tão hermético, que dificilmente se consegue concluir algo por ele.

— Tudo que entendo de você — disse-lhe — está em seu corpo. Não é na forma, mas no ritmo de seu corpo, no tempo de seus movimentos, no silêncio entre a sucessão dos movimentos. — Digo-lhe que seu ritmo é o que mais me atrai nele.

— Você é tão terreno — digo —, tão linear! Que diabos procura lá em cima, nas estrelas?

Ele confessa que tem ciúmes de mim.

— Você tem palavras para tudo — diz ele. — Miel sempre dizia que você tem a constelação de uma escritora, mas que não quer assumir isso.

Dói escutar isso. Hugo o percebe. Ele começa a me acariciar, devagar, dedicado. Tenho vontade de chorar. Gosto da sensação pesada e da dificuldade que sinto de falar agora, no entanto falo. Conto sobre a resistência, sobre o procurar e esperar, que ainda não quero, não posso, que é como se eu primeiro tivesse que saber tudo, que preciso conhecer tudo e principalmente desaprender muito, experimentar as possibilidades. Que se pode ser muito, que muita coisa é possível. Que minha razão de escrever jamais fosse por falta de oportunidades, mas justamente o contrário, por eu ter um excesso de escolha. Não sei. Também não consigo entender direito. Na verdade, é maluco demais.

Procuro continuar a falar o máximo possível, contra a superioridade do corpo. Hugo se apóia no cotovelo. Acaricia-me e olha para mim. Ele escuta. Também olho para ele, enquanto falo, choro. É uma luta. Preciso manter o fôlego no alto, junto à minha cabeça, à minha voz.

— Por isso preciso estudar — digo. — Não posso me enganar, na verdade tudo se resume naquilo; isto também, isto com você. Não consigo explicar direito. A resposta está muito próxima, mas me foge o tempo todo. Ela deve aparecer ou não?

Depois minha barriga exige tudo de minha respiração.

— Que tal darmos uma repassada em todas as desgraças possíveis e juntos nos fazermos tristes? — pergunto a ele durante a última noite.

— Só poderá ser um incidente, Lune. Não é outra coisa.

Mantenho-me firme. Não dá para ficar chorando, isso enche. Mas não suporto incidentes, quando é o caso. O que é um incidente? Algo que acontece só uma vez, um disparate, e principalmente algo sem sentido, sem valor.

— Então é isto — pergunto com raiva — um acontecimento sem importância?

— Você mesma sabe que está dizendo asneiras — responde Hugo com a mesma calma de antes —, não é isso que quero dizer.

— Você sabe o que é asneira, Hugo? Um incidente — isso é que é asneira.

— Uma escolha infeliz de palavras — diz ele. — Você não deve pegar-me pelas palavras. Prefiro que me diga o que quer. Vamos, diga. Qual é o sonho de Lune?

Rimos de novo. Sinto-me como uma megera domada.

— Sabe com o que eu sonho? Com a repetição. Com uma seqüência infindável de incidentes.

Na manhã seguinte, pela primeira vez, Hugo acorda antes de mim. Ele me chama. Ouço-o de longe. Diz que devo acordar, que precisamos ir para o Leste, para o enterro.

É uma voz do lado de lá, mas eu não sei como chegar lá, no outro lado, perto dele. Esqueci de como devo separar minhas pálpebras, como meu cérebro deve dar o sinal. É ali que está a impotência: na ligação entre minha mente e meu rosto.

As Leis

Sinto como ele me levanta, puxando meu corpo lânguido sobre seu colo, e me embala.

— Você parecia morta — disse ele mais tarde.

Hoje tenho dificuldade de fazer contas. Impossível chegar aos 33 e desisto de fazer contas ao entrar no cemitério. O tempo condensou uma eternidade em um dia, fugiu comigo e agora precisa retomar seu rumo.

É 30 de janeiro de 1984. Hugo volta pelo trem das 16:45h a Paris e chega às 21:45h na Gare du Nord, onde Sybille estará esperando por ele. Pouco antes de nossa partida para Hengelo ele tinha telefonado para ela. Ela estava muito preocupada. Tinha ligado várias vezes para o hotel, em vão.

— *Je te dirai* — diz Hugo —, depois.

Retrospectivamente, tudo será compreensível — mais tarde.

Precisar enterrar alguém é horrível.

A Sra. Van Eysden já está ao lado da cova. O caixão repousa sobre uma armação de madeira, por cima da cova. Ela não olha para o caixão, mas para a cova embaixo dele.

Aguarda-se até que todos tenham se reunido em volta do túmulo. No momento certo o chefe de funeral dá um sinal ao padre e este lê as preces de um livro. Depois o chefe de funeral avisa à Sra. Van Eysden que terminou.

Ela sacode a cabeça. Aponta para o caixão. O chefe de funeral olha-a interrogativamente, porque não consegue entender o que ela quer dizer.

Eu sim. Hugo também. Hugo passa um braço em volta de mim.

Vemos a Sra. Van Eysden caminhar em direção ao homem espantado e ouvimos como ela diz para ele, calma e com uma voz clara:

— Agora o senhor deve descer o caixão na cova, na minha presença.

Não é mais costume descer o caixão na cova na frente de todos. O chefe de funeral procura fazê-la entender algo, em tom de cochicho, sobre a mudança do ritual.

— É meu único filho e quero que o senhor desça o caixão agora — diz ela.

Ela se vira. Considera o assunto encerrado e se coloca novamente na beira da cova. É como se estivesse pensando intensamente sobre alguma coisa. No rosto dela há uma expressão de concentração.

Os homens que tinham trazido o esquife ao cemitério se aproximam e pedem para as pessoas em volta do caixão se afastarem. Estamos incluídos entre elas, Hugo e eu. Sei que ele também acha que todos devemos presenciar isso e ficar olhando até o final.

Os carregadores pegam as pontas das cordas que passam por baixo do caixão. Colocam as cordas nos ombros. O chefe de funeral tira as flores e o pano de cima do caixão e pede ajuda a outro homem, para afastar a armação de madeira. A Sra. Van Eysden já tinha se inclinado para a frente e puxava uma das tábuas.

Começa a chover de novo.

O único som que escutamos é o gemido da mãe do astrólogo. Ela geme por causa do esforço.

Quando os carregadores esticam as cordas, o caixão fica suspenso. Aos poucos, vai desaparecendo no solo, à medida que eles soltam as cordas. A Sra. Van Eysden ergue o olhar. Ela procura algo. Afastados do grupo estão dois homens com pás. Ela os descobre e se dirige a eles. Pergunta a um deles se pode lhe ceder a pá. Os homens também não entendem o que está acontecendo e oferecem suas pás ao mesmo tempo. Ela volta ao túmulo com a pá na mão e começa a cavar furiosamente na areia fresca.

6.
O ARTISTA

Não consigo me lembrar, por mais que pense, do que me colocou na trilha de Lucas Asbeek e fez com que seu nome se aninhasse na minha cabeça, lá permanecendo durante anos.

Teria o romance de Anton Pasman, *O Artista*, sido dedicado a ele? Foi uma de suas estátuas que o tornou tão famoso nos anos 60? Ou uma entrevista em um jornal dos Países Baixos que eu recortei, guardei e perdi, mas da qual me lembrava de vez em quando e procurava em todas as pastas porque tinha certeza de que estava escondida em algum lugar?

De qualquer forma, o documentário *A traição das coisas* deu um fim à busca. Foi ao ar no sábado, 23 de março de 1985, seis dias antes de prestar meus exames de mestrado.

De repente, tudo aconteceu ao mesmo tempo.

Não sei se esse foi o início. Deve ter sido outubro, um dia de outono, com muito vento e chuva. Foi em 1982, isso é certo, porque eu tinha decidido parar de trabalhar nas sextas-feiras à tarde na loja de livros antigos.

Às vezes acontecem coisas na vida que têm início e fim nítidos, com abertura e fechamento, acontecimentos completos, com a estrutura de uma história.

Pensava nisso enquanto estava lá, aguardando a hora de fechar a loja. Como minha amizade com o astrólogo tinha começado na loja, eu tinha pedido que ele viesse me buscar por volta das seis. Celebraríamos juntos o final do período no Pijp, e iríamos comer alguma coisa na cidade.

Ele ficara contente com isso.

Estou lá pela última vez e então entra aquele homem.

Usa uma capa de chuva verde-apagado e tem na mão uma pasta surrada de couro. Sua espessa cabeleira cinzenta está molhada de chuva. Os olhos são azul-claros.

Quando o vejo acontece algo comigo, uma coisa intensa e inusitada que me paralisa de medo e desejo ao mesmo tempo. É anormal.

Ele tem a forma mais perfeita de rosto.

Venho procurando por ela.

A loja de livros antigos é pequena: mais ou menos uma sala de visitas com livros. Mal há espaço para andar. Só quando ele está aqui dentro percebo como é sufocantemente apertado e o quanto se está um em cima do outro.

A aquecedor está ligado.

Ele me cumprimenta com um aceno curto e um olhar que, ao contrário, demora demais. Tem algo de confuso: é o relance de uma luta entre reserva e extroversão.

Fico sentada e mal tenho coragem de me mover.

Ele olha à volta, tira da prateleira um volume de romances traduzidos, folheia-o um pouco e se senta no banquinho perto do aquecedor. Aquele banquinho está sempre ali. Nunca vi ninguém se sentar nele. Nada o incomoda. Ele lê. Fica sentado por lá, muito relaxado.

Não sei de onde tirar ar, e sufoco de tensão. O espaço é pequeno demais para nós dois e temo que vá acontecer algo, algo inevitável.

Mas não acontece nada.

Depois de algum tempo ele se levanta e se dirige à minha mesa. Coloca o livro que estava lendo na minha frente. Quer comprá-lo. Olho a última página, para ver quanto custa. É como se estivesse cega, meus olhos não querem seguir adiante e ficam grudados no primeiro número. Não consigo mais ler. Acho que tudo demora muito e que estou me comportando de modo estranho.

Digo quanto é e ele me dá o dinheiro. Preciso dar o troco, mas não me lembro de ter feito alguma conta. Acho que pus uma quantia qualquer na mesa, aleatoriamente.

Depois que ele fecha a porta atrás de si fico sentada na minha cadeira, acabada, aliviada e abandonada. Pensando bem, ainda é muito cedo para tê-lo encontrado. Ainda não estou pronta para isso.

De repente, estou morta de cansaço.

À noite contei o caso ao astrólogo, mas ele só soube me dizer que naquele dia minha Lua tinha me deixado muito vulnerável. Isso não me servia para nada.

Disse ao astrólogo que certamente iria encontrá-lo de novo.

— O que tiver que ser, será — afirmou ele.

O bule de chá e a janela de vidro pertenciam à coleção permanente de um museu do centro do país. Eu não entendia muito sobre escultura, e quando se conhece pouco a respeito de arte, vê-se menos nela.

No caso da obra de Lucas Asbeek isso era diferente.

Vi e compreendi a obra apenas como tinha entendido poesias até então: intuitivamente, totalmente, e quase sempre sem saber explicar a outra pessoa o que elas afinal tinham de tão fascinantes.

Sucedeu o mesmo com o bule de chá. Possivelmente era por causa das palavras e da assinatura. Lucas Asbeek descrevia as coisas.

O bule de chá estava sobre um pedestal, coberto por uma toalha quadriculada em branco e azul. De longe parecia um bule comum, aquele modelo barrigudo muito enternecedor, que sozinho é capaz de evocar todo um quadro familiar.

Apenas quando se chegava perto dava para ver como Asbeek tinha metamorfoseado o inocente bule de chá numa espécie de instrumento de tortura. A ponta do bico tinha sido transformada, de uma generosa boquinha que bocejava, em dois lábios amargurados, prensados um contra o outro, e a tampa fora presa ao bule com grande quantidade de cola. A única abertura que permitia que algo do conteúdo escapasse era um bico minúsculo virado ao avesso, que ficava exatamente acima da asa. Observado de perto, aquilo que à primeira vista parecia um desenho delicado de listras cor-de-rosa era a repetição constante da frase: "Não tenha medo, querida, se estiver lá dentro também haverá de sair".

Achei-o dolorosamente bonito.

A janela de vidro situava-se em um dos saguões do museu. Um grande e ereto batente de janela. As duas folhas de vidro haviam sido trabalhadas de tal maneira que pareciam permanentemente embaçadas e como se alguém tivesse escrito, há pouco, com a ponta do dedo, na condensação. Quando se empurrava a folha da direita para trás da folha da esquerda os dois textos se misturavam e juntos formavam a negativa daquilo que afirmavam independentemente.

Eu sempre esquecia o que estava escrito ali.

Quando uma vez ou outra visitava o museu, sempre me propunha copiar os textos, mas quando afinal estava lá, ficava enfeitiçada pela assinatura de Asbeek e achava que não fazia sentido levar apenas os textos para casa.

Não eram só as coisas de Lucas Asbeek que me lembravam leituras de poesias: o próprio Lucas Asbeek tinha sobre mim um efeito diferente do dos outros artistas. Nunca uma escultura, quadro, foto, filme ou composição me despertara o desejo pelo seu produtor, enquanto que cada bom livro estimulava em mim, além de admiração, aquele desejo impossível e irreal pelo seu autor. Parecia-me que atrás do bule de chá e da janela se ocultava um poeta e seria esse poeta que eu iria encontrar algum dia, em algum lugar.

Não há jeito de encontrar a entrevista. Não me lembro mais em que jornal estava, quem foi o jornalista e de quando datava. Impressionou-me, e nem sei mais dizer por quê. Lembro-me vagamente da essência da entrevista e apenas por causa da foto esquisita de Asbeek, impressa ao lado.

Só apareciam a parte de trás da cabeça dele, o pescoço, ombros e parte das costas. Usava um chapéu senhoril e olhava para o alto, para o ar. Aparentemente, era um homem bem grande.

Na entrevista ele diz não querer ser fotografado porque a pessoa do artista não tem nenhuma ligação com a obra. Uma boa obra de arte é uma obra que expressa a verdade e a verdade nunca pode ser creditada a um indivíduo — ela não é etiqueta de identificação. Segundo Lucas Asbeek toda arte deveria ser tão anônima quanto a verdade.

Ainda procurei por indícios sobre sua vida amorosa, por nomes de mulheres, filhos, namoradas, mas não achei nada. O texto tratava de andanças, procuras, arte e coisas de peso.

O romance de Anton Pasman também trata disso. Chama-se O *artista* e fala da amizade entre um pintor (Simon) e um escritor (Philip). O pintor pensa demais sobre o pintar — por isso não consegue mais fazê-lo — e o escritor também pensa muito sobre o escrever — mas pelo menos ainda escreve um livro sobre isso. O *artista* foi dedicado a Lucas Asbeek e eu bem sei que o personagem e a pessoa real nunca são totalmente iguais, como também não se pode identificar o narrador com o autor, mas eu li o romance como se se tratasse da vida de Lucas Asbeek, e Anton Pasman mal tivesse inventado alguma coisa.

A morte de Simon certamente deve ter sido inventada. Pasman faz com que ele se suicide na manhã de seu 27° aniversário. Philip, o escritor, o encontra sem vida, suspenso entre céu e terra, em seu sótão no Pijp. No dedão dele estava pendurado um cartãozinho. Nele Simon tinha escrito: "No final das contas descobri a verdade. Sou quem sou. Para ser sincero, não dá para conviver com isso",

Foi a morte de Simon em O *artista* que me deu a idéia sobre minha tese de doutorado.

As Leis

Era muito tarde para ainda angariar uma outra filosofia tão perto da reta final, mas na verdade a palavra Texto aos poucos estava me aborrecendo um bocado. Era muito pouco, havia mais do que isso, mas era um pensamento prédeterminado que eu não tinha conseguido evitar. Achava desagradável me incluir na crescente fila de universitários que produziam teses, uma após outra, sobre o claustro do texto, a morte do autor e as diversas abordagens sobre a vida.

Há bastante tempo isso já perdera a originalidade e eu gostaria muito de ter pensado a tempo sobre algo diferente, mas não o fizera. Junto com os outros, passei a considerar Sartre ilegível e estava fascinada pelo Sr. Derrida. O que mais me intrigava era o porquê de estarmos todos obcecados pelas mesmas idéias, mas eu não tinha mais tempo para responder a essa pergunta. De repente estava com pressa. Queria terminar a faculdade. Estava na hora de sair para o ar livre.

Se eu não estava pronta para isso agora, provavelmente nunca estaria.

Vim a falar pela primeira vez sobre a obsessão exagerada de todos aqueles anos — a paixão por um estranho, que eu conhecia apenas por algumas esculturas, o jornal e um romance — porque precisava consultar Guido de Waeterlinck sobre meus planos para a tese de mestrado. De certa maneira a tese seria sobre isso, disse a Guido.

Então ele falou sobre o poder de isolamento da adoração, sobre a intervenção, sobre relacionamentos triangulares e disse que a adoração é uma necessidade sincera do ente religioso. Acrescentou algo sobre ídolos e estrelas. Estes teriam assumido a função dos padres e dos santos; atualmente só mantínhamos algum contato com o sagrado por intermédio dos ídolos, porque atribuíamos a eles uma ligação com o divino.

— Portanto você vê — disse Guido — que seu desejo por esse Lucas Asbeek é outro disfarce do seu desejo de conciliarse com o divino.

Que amoreco!

A única outra pessoa com quem cheguei a falar sobre Lucas Asbeek foi Daniel Daalmeyer. Isso aconteceu porque ele tinha me contado algo sobre a coleção de arte de seu pai. A maioria das obras de arte não lhe diziam nada, mas ele gostaria muito de ter *O Anjo* de Lucas Asbeek pendurado acima da cabeceira da cama. Era um querubim fofinho, barroco e dourado. Esse querubim olhava suplicante para o alto em vez de olhar com compaixão para baixo, para a bagunça terrestre, como era usual. Segurava para o alto uma faixa que dizia: "Que tal se revelarem?". Assustei-me quando ouvi o nome dele e fiquei em dúvida se contaria sobre mim e sobre essa obsessão idiota, mas era incontrolável, e antes de me dar conta já o tinha perguntado a Daniel. Se ele conhecia Lucas Asbeek pessoalmente.

Raramente Daniel dava uma resposta sem antes lançar uma outra pergunta, e para ter uma resposta precisei contar-lhe sobre o bule de chá e a janela, sobre o jornal e o romance. Procurei me controlar para não parecer uma admiradora fanática, mas Daniel tem um sentido aguçado e logo apareceu com aquele olhar de menosprezo que me dirigia tantas vezes.

Lucas Asbeek tinha sido, como muitos artistas, um cliente de seu pai e, assim como muitos pacientes artistas, demonstrou sua gratidão presenteando-o com uma de suas obras de arte. Como ele não conhecia Lucas Asbeek pessoalmente, não podia agir como meu intermediário.

— Já é tempo de também eu me tornar famoso — acrescentara Daniel. — A fama tem um elemento erótico e não há nada que atice tanto a fantasia salvadora das mulheres quanto um artista sombrio.

Gostaria imensamente de acreditar na interpretação de Guido de Waeterlinck, mas eu confiava mais na de Daniel. Era mais desagradável, portanto mais verdadeira.

É uma mania esquisita.

Percebi-a pela primeira vez pelas imagens refletidas em espelhos.

Se minha imagem no espelho for balofa, inchada, murcha, sem brilho, mole e feia, trairá de imediato a mentira lisonjeira de todas as imagens dos espelhos anteriores e considerarei a minha imagem mais repulsiva a mais verídica.

O Artista trata de assuntos milenares como arte e vida, semelhança e realidade, mentira e verdade. Pelos diálogos entre o escritor e o pintor, e pelas frases nas quais Simon se despede da vida, cheguei a uma outra dupla: Platão e Sócrates, o escritor e o personagem.

Depois de muito tempo li novamente a *Apologia de Sócrates* e de repente acreditei ter entendido o sentido da vida.

O escrever começa quando paramos com qualquer outro movimento, quando nos sentamos quietos, quando ficamos dentro de casa. Sentei-me e escrevi, durante dias seguidos, durante semanas. Escrevi sobre Sócrates e Platão, sobre Maria e a Trindade, sobre Anton Pasman e Lucas Asbeek, sobre o destino do escritor e o do personagem, sobre o sentido estranho dos nomes próprios, sobre o medo de publicar alguma coisa, expor, ou ultrapassar o limite entre o pessoal e o público de outra maneira: por meio de um objeto.

Tirei tudo do lugar e, enquanto escrevia, mal abri um livro.

Eu nem sabia mais de onde tirava tudo aquilo.

Terminei numa certa noite e não fazia idéia se era bom ou ruim, literatura ou filosofia, verdade ou invenção.

Ainda naquela mesma noite liguei, num impulso súbito para Guido de Waeterlinck. Ele atendeu com voz sonolenta.

— Terminei — disse eu, e depois chorei durante vários minutos. Foi difícil parar. — Agora sei o que é escrever.

— E é isso que você quer?

— Se realmente for necessário, então será a única coisa que eu ainda quero na vida.

Ele entendeu.

— É melhor que agora você vá dormir, garotinha.

No dia seguinte, leu minha história. Estava ao lado dele e observava como lia. Percebi que ele praticamente se esqueceu de minha presença depois de algumas páginas. De repente, eu estava feliz.

Estávamos sentados lado a lado. Era um momento sagrado porque nos despedíamos um do outro e sabíamos disso. Ele o sabia enquanto lia, e eu o sabia enquanto o via ler aquilo que eu tinha escrito.

Às vezes ele sorria e eu sabia por que o fazia naquele instante.

Uma hora mais tarde ele vira a última página. Levanta os olhos, olha para mim e diz:

— Marie Deniet.

— Presente — digo.

— Bem-vinda ao mundo do livro — diz Guido um tanto triste e agora eu também estou um pouco triste, mas é assim que deve ser e é agradável. — Talvez agora seja o momento certo de parar com suas tentativas obstinadas de fugir daquilo que você é — continua Guido suavemente. — Afinal, o que você escreveu aqui é uma apologia à arte de escrever. O que você ainda procura para justificar a opção pela escrita?

— Aquilo que ainda não conheço — respondo — o amor.

A razão principal da decisão de continuar a estudar aos dezoito anos, em vez de trabalhar, não é adquirir conhecimento, é poder adiar e ao mesmo tempo ter a liberdade da dúvida. São adiadas as escolhas que satisfazem o desejo das pessoas de se juntarem e perderem a liberdade

Pela primeira vez deixei de ser alguém que vivia na liberdade do adiamento, uma liberdade que até agora tinha feito de mim alguém que não era ninguém, mas que estava sempre tentando ser alguém. O adiamento tinha terminado. Eu não era mais ninguém. A única coisa que ainda tinha pela frente era o ritual de encerramento do próprio adiamento.

As Leis

A defesa de tese tinha sido marcada para 29 de março. Seriam três semanas a contar do momento em que Guido lera minha tese. O vazio não precisava mais do que isso para se apoderar de mim. O tempo me deixou oca e me paralisou. Eu era uma ausente, irreal e sem nenhum sentido.

Um dia tranquei a porta do meu quarto — depois de ter andado um pouco pela cidade, sem rumo, — fechei as cortinas, tirei o telefone e a campainha da tomada e deixei a correspondência no corredor. Enfiei-me na cama e, se estivesse morta, daria no mesmo.

Aconteceu, e eu não tinha defesa.

Eu sabia o que era: era a queda. A queda tinha começado sorrateiramente e eu não sabia como dar um basta a ela.

Levantei-me alguns dias antes dos exames. Era um sábado de manhã. Tinha comido e bebido pouco, e estava tonta. Lavei-me e vesti-me, liguei de novo a campainha e o telefone, e procurei pela sacola de compras na cozinha.

O som do telefone me assustou. Antes de atender arranhei algumas vezes minha garganta e ensaiei dizer alto "alô". Era minha mãe, preocupada. Perguntou-me onde eu tinha estado — ela telefonara várias vezes.

— Saí um pouco — disse — uma semana de silêncio. Precisava disso.

Procurei parecer animada, mas tinha dificuldade em falar. Ela me contou quais pessoas viriam para Amsterdam para dar brilho à minha festa. Perguntou-me se eu também tinha pensado na Páscoa, uma semana depois da festa.

Eu não tinha.

— Claro que vou — disse eu.

Depois que coloquei o fone no gancho finalmente senti de novo alguma coisa: gratidão, salvação. Minha mãe dera um nome ao tempo e fizera de mim a pessoa que, ao menos, eu sempre tinha sido e sempre seria: uma filha, uma irmã. Isso não exigia de mim nenhuma ação. Sem dúvida eu era isso.

Hesitei se lhe telefonaria de volta para dizer algo anormalmente simpático, algo bem sentimental. Não o fiz. Ela ficaria preocupada. Nós, de casa, não somos tão dados a sentimentalismos.

Estava com fome.

A vizinha de baixo tinha amontoado a correspondência e colocara-a no último degrau da escada. Não toquei nela. Ela era meu futuro mais próximo, algo que me faria voltar daqui a pouco para casa.

Fora, a luz do sol me doeu nos olhos. Eles lacrimejaram por causa da brisa suave. Não me importei. Eu não tinha pintado os olhos.

Comprei pão fresco, manteiga, queijo e, excepcionalmente, um jornal. Quando achei que já tinha estado ao ar livre por tempo suficiente, dei meia-volta. A primeira saída me deixara terrivelmente cansada e comecei a perceber a força do vazio.

Percorri a página dos programas de televisão. *A traição das coisas* era descrito como um documentário intrigante sobre dois artistas, que por um curto período tinham sido muito famosos e dos quais pouco se ouviu depois. O primeiro era a poetisa Nel Vat e o outro, o escultor Lucas Asbeek.

Eu não fazia idéia de como poderia preencher o resto do dia.

A primeira imagem era a de uma mulher mais velha, muito bonita. Ela estava aprumada atrás de uma antiga escrivaninha num quarto cheio de bugigangas. Nas paredes havia quadros a óleo de naturezas mortas. Acima de sua cabeça, um retrato dela mesma. Usava óculos, presos a uma corrente cor de prata. Escutava-se o tiquetaque do pêndulo.

A imagem seguinte era a imagem das costas de Lucas Asbeek. Já a conhecia. Ele estava sentado na grama, às margens de um rio. Olhava por sobre a água e não se mexia.

A câmera zumbiu e girou noventa graus de modo que o perfil de Asbeek apareceu na tela. Este era o tipo de rosto em sua forma mais perfeita, o rosto que pertencia ao homem que eu tinha visto, anos atrás, na loja de livros antigos no Pijp, o homem com os olhos azul-claros, que, de uma maneira inexplicável, me deixara tão perturbada.

Essa coincidência inesperada de acontecimentos de repente me pareceu natural.

Nel Vat falava muito, de maneira atraente, com senso de humor, usando palavras cuidadosamente formuladas. Contou que passara a ter medo das pessoas.

— Lucas Asbeek realmente não gostava da fama, creio eu, mas eu achava toda aquela atenção deliciosa. As pessoas estavam totalmente apaixonadas pelas minhas poesias e eu lhes era muito grata por gostarem tanto delas. Agora as pessoas não gostam mais das poesias e também não estão mais encantadas por mim. Às vezes o telefone não toca por uma semana inteira. Não entendo isso, mas preciso escrever, não há outro jeito.

Tudo parecia tão prometedor para mim! Vocês têm uma explicação para essa dramática mudança de rumo da vida?

As imagens de Lucas Asbeek eram cheias de silêncio, contrárias à vivacidade com que ela falava. Ele mal falava e aquilo que dizia era vago e permeado de dúvida.

Via-se como ele passeava, comia, lia ou olhava um pouco para o ar. Estava envolvido por uma solidão impenetrável. Esquecia-se de que era seguido e visto por uma câmera, o que provocava uma contradição entre naturalidade e pose: Lucas Asbeek deixava ver o quanto vivia sem ser visto.

Depois do programa fiquei desconcertada e envergonhada.

Na manhã de 29 de março acordei por mim mesma. No primeiro instante não me dei conta, mas depois de umas duas horas estava tão nervosa que nem me lembrava mais do título da minha tese. Platão, Derrida? Nunca tinha ouvido falar. A defesa da tese seria às duas horas da tarde, aberta ao público, como eu tinha feito questão. Agora me perguntava por que estava me castigando com esse tipo de coisas e procurei alternativas para ainda desfazer minha decisão: ligar para todo mundo, cancelar e, como qualquer outro estudante, simplesmente defender minha história a portas fechadas, na presença segura de Guido de Waeterlinck e seus auxiliares.

Na verdade, nem isso eu queria mais. Afinal, eu não era uma filósofa. A única coisa que alcançara, enquanto escrevia, era o próprio escrever, algo esquisito chamado estilo. Foi o estilo que mais demandou minha coragem, no entanto, se apenas me apoiasse no recurso do estilo, eu não seria mais do que um filósofo manco, um exegeta, um hermeneuta escravizado, um jornalista da teoria das idéias. E isso eu não queria.

Na verdade, sempre soube disso.

Por volta da uma hora todos estavam presentes, meus pais e irmãos, Daniel, Clemente, Aaron, Ilda, Kat. Eu era a única ausente. Precisava me lembrar da minha própria existência o tempo todo.

Encaminhamo-nos ao Oudemanhuispoort. Tentei me conscientizar a fundo de que agora estaria entrando no prédio da universidade pela última vez e iria abandonar um mundo, encerrar uma fase; achei que isso fosse me emocionar, mas nem me abalou.

Ainda havia outro grupo de pessoas reunidas na praça, em volta de um estudante. Subiram as escadarias para o primeiro andar quase ao mesmo tempo que nós e, enquanto os convidados daquele rapaz se postavam na frente da porta do local de exame, do lado direito do corredor, os meus invadiram a sala e sentaram-se nas cadeiras que tinham sido colocadas ali.

Guido entrou da mesma maneira como já o tinha visto entrar centenas de vezes na sala de aula. Dirigiu-se a mim e cumprimentou-me com um beijo. Estendeu a mão a meus pais e irmãos. Ele também estava nervoso.

Isso me deixou mais calma.

As Leis

Alguém aqui precisava manter a cabeça fria.

— Acho que devemos começar — disse Guido, e fechou a porta.

Uma hora mais tarde eu estava do lado de fora, louvada, laureada, supercalma, inabalada e molhada de suor. Aaron abrira uma garrafa de champagne e a maior parte esguichara em meu peito.

Estava cansada e sem alma. Os ruídos à minha volta pareciam vir de longe e eu os percebia com dificuldade.

Os convidados do outro formando já estavam reunidos no corredor em volta de uma mesa com bebidas. O copo de champanhe estava vazio e dei a volta na mesa para me servir de um copo de vinho.

Levantei os olhos e o vi.

Ele estava um pouco distanciado do grupo e olhava para as pessoas.

Seu cabelo cinzento tinha sido cortado bem curto.

Olhei para ele petrificada e fiquei nessa posição não sei por quanto tempo. O copo dele estava vazio e ele virou a cabeça na direção da mesa. Viu-me. Olhou à volta para ver se havia outra pessoa que estivesse prendendo meu olhar daquele jeito. Não havia. Espantado, virou-se novamente na minha direção. Olhei para ele — não conseguia fazer outra coisa. Ele se aproximou de mim.

— É de se supor que a conheço? — perguntou ele.

— Não — respondi —, mas eu conheço você. — Depois acrescentei: — Procuro por você há muito tempo.

Eu podia dizer qualquer coisa, sem pudor, porque também qualquer coisa era suportável. Estava na terra-de-ninguém, uma região intermediária onde leis não contam e todos são invioláveis. Eu não queria guardar nada do passado, e o futuro, que precisaria proteger com muito cuidado, ainda não começara. Não tinha nada a perder.

— Como assim?

— Compartilho uma história com você, mas não posso lhe contar tudo isso agora.

— Você é universitária aqui?

— Não. Não mais.

Disse-lhe que tinha acabado de me formar. Contou que um jovem amigo dele também acabara de se formar — em algo muito difícil, disse ele —, alguma coisa relacionada com Kant. Perguntou no que eu tinha me formado.

— Em você — disse eu —, em pessoas como você.

Coçou a cabeça com os dedos.

— O que significa isso?

— Uma cena de sedução — respondi. — Primeiro ato: o mistério.

Ele riu e eu também. O riso libertou algo na minha barriga, que estava debaixo das pedras, um prazer e um excitamento, que de repente me deixou mais nervosa do que nas horas anteriores ao exame. Dei-me conta de que estava deixando a faculdade, de que estava pronta também para ele, para a outra vida, a vida de verdade, com ele.

Pelos seus olhos vi que ele estava atrapalhado, desconfiado e curioso ao mesmo tempo. Suas pálpebras estavam um pouco inchadas, avermelhadas ao redor.

— Você está triste — disse eu.

— Estou desesperado — desabafou ele. Não sabia se deveria ter dito aquilo. Seu olhar traduzia pânico.

— Sim, você está desesperado.

— Podemos combinar alguma coisa? Aí você pode me contar tudo sobre pessoas como eu.

— Está bem.

— Então, quando?

— Sábado.

— Amanhã?

— Sim, amanhã.

— Não — disse ele —, então prefiro o sábado depois desse.

As Leis

— Onde?

— Arti?

— Certo, estarei lá às 9 horas.

Voltei para meus convidados com o copo na mão. Minhas pernas estavam fracas e minhas mãos tremiam.

— Parece que só agora os nervos estão se manifestando pra valer — observou minha mãe, quando me postei ao seu lado. — Você está totalmente pálida e trêmula. Conhecia aquele homem?

— Sim — disse eu, e calei-me.

— Quem era ele, afinal? — perguntou minha infinitamente assustada mãe.

— Uma personagem — disse eu.

— Não, fale sério — pediu ela.

— Seu futuro genro — disse eu, séria.

— Aquele homem? Filha, ele poderia ser seu pai!

— Poderia — disse eu, e ainda acrescentei que não me seria possível ir para casa na Páscoa.

Gosto dele, pensei, vou salvá-lo. Talvez seja este o meu destino. Afinal, é preciso fazer alguma coisa. Aliás, quem é que quer ter uma existência infrutífera?

Por intermédio de Lucas eu iria realizar meu primeiro e mais importante trabalho de campo socrático, colocando a nu as contradições de seu pensamento, reconciliando-o com a arte, explicando-lhe por que ele — se ele, no caso, coincidisse com o Simon de *O artista* — realmente não podia ser um artista e por que suas idéias eram um obstáculo para suas ações. Assim como Clemente quis interferir na história da Queda, assim me aconteceu diversas vezes enquanto lia *O artista*: eu queria me juntar ao artista e ao escritor para dizer a Simon aquilo que o escritor tinha deixado de dizer. Por ser isso impossível, coloquei tudo na minha tese.

Eu não podia esquecer-me de levar a tese à noite. Caso

perdesse o fio da meada, sempre poderia ler em voz alta algum trecho do meu próprio trabalho.

Às vezes também não me lembro exatamente daquilo que formulei.

Arti é um clube privado e é preciso ser sócio para poder entrar lá. Lucas Asbeek tinha prometido ficar me esperando do lado de fora e depois entrar comigo, como sua convidada.

Estava na entrada e olhava para os avisos espetados nas paredes. Na sexta-feira da semana anterior, usava terno e gravata, envolvido por um leve cheiro de naftalina. Agora estava usando roupas juvenis, calça *jeans* e casaco curto verde berrante.

— Olá!

— Oi, olá — cumprimentou ele com uma alegria quase infantil. Estendeu-me a mão e sacudiu-a de uma maneira impensadamente rude, o que me fez rir. Só olhou para mim rapidamente, um olhar curto, analítico e um tanto tímido, virou-se, e enquanto falava passou à minha frente em direção da porta que dava acesso ao clube.

— Que bom que você veio! — disse ele. — Não deixa de ser um encontro esquisito. Durante a semana fui duvidando cada vez mais de mim mesmo, quero dizer, se realmente tínhamos combinado algo para hoje. Felizmente você está aqui e tudo é mesmo verdade.

Ele andava curvado para a frente, meio rígido e com o ombro direito erguido. Andava como alguém que não tem a mínima noção de sua aparência, de seu jeito de andar. Nunca foi corrigido, nunca lhe disseram nada sobre ele mesmo. Enquanto falava gesticulava com suas mãos grandes, traçava piruetas bobas no ar, que faziam com que elas de repente se tornassem muito femininas.

Sobre a mesa da entrada havia um registro para convidados. Lucas Asbeek escreveu seu nome e depois me passou a caneta. Eu precisava anotar meu nome e endereço. Curvada sobre o livro, observei a letra e a assinatura que eu conhecia tão bem. Excitou-me estar tão próxima do nome escrito ali há pouco. Sentia-me estranha, irreal, a ponto de explodir. Ao colocar meu nome abaixo do dele parecia que o real e o irreal estavam sendo fundidos, como se eu, com ele, assinasse perante a lei, me casasse com alguém da minha fantasia, do meu sonho, das relações solitárias com as letras e as imagens. A inacreditável verdade quase doía e eu gostaria de ter-me congelado na posição curvada para a frente, para que a sensação pudesse perdurar tanto quanto possível.

Lucas se dirigiu a uma mesa na lateral do recinto. No meio havia mesas de madeira redondas, nas paredes estavam pendurados quadros em molduras largas, cheias de contornos. A maioria dos presentes eram pessoas idosas, e vi Lucas cumprimentar várias delas enquanto se dirigia ao bar a fim de buscar algo para bebermos.

Não sabia o que fazer comigo mesma e tirei minha tese da bolsa. Do lado de dentro da capa escrevi a caneta: "Para Lucas Asbeek" e coloquei-a ao lado de seu lugar na mesa.

Com mãos trêmulas Lucas colocou os copos na mesa. Sua pele tinha pequenas manchas vermelhas, um pouco ásperas.

— Isto é para mim? — perguntou quando viu a tese. — Que simpático, obrigado! "O destino de um personagem, Marie Deniet" — leu ele em voz alta. — Mais uma vez fui salvo — acrescentou rindo —, porque, para ser sincero, não me lembrava mais de seu nome. Soube algum dia? De qualquer maneira acabei escrevendo na minha agenda: "Jovem senhora N.N.". Mas Marie é melhor. Saúde!

Folheou minha tese; pouco depois estava lendo. Seus olhos grudaram nas páginas e quando se voltou para mim de novo seu olhar era desconcertante. Pude deduzir bem o que ele tinha captado.

— Isto me absorve de imediato — disse ele. — Acho que trata de tudo aquilo que me faz quebrar a cabeça. Será que você poderia me antecipar o desfecho e contar qual, afinal, é o destino de Sócrates?

— Ser um personagem e fazer parte de uma história.

— Como eu — disse ele.

— Como você — disse eu.

— Afinal, o que estamos fazendo aqui? — perguntou ele, e me olhou com cumplicidade. — Eu nem gosto de Arti. E você? Na verdade preferiria ir para casa. Certamente você entende que agora preciso ler isto. Vamos?

Saímos. Escolhemos a casa mais próxima, a minha. Lá ele se sentou atrás da minha mesa, leu e ficou.

À noite tomou-me nos braços e disse que combinávamos, querida, disse ele. Veja bem, nós combinávamos. Era como sentir-se abraçada pelo destino, e o destino era o amor que tinha o nome de Lucas Asbeek. Eu nem estava tão admirada.

De manhã livrei-me com cuidado de seus braços e puxei uma cadeira ao lado da cama. Olhei. Todo o meu corpo tremia. Tremor nervoso, pensei.

Lá estava ele deitado como um jovem deus, tão bonito, uma das mãos descansando suavemente contra a bochecha, a outra fechada em frente ao peito. Um sorriso pairava na sua boca. Você está rindo, você está satisfeito. Assim está bom, finalmente. O sorriso parecia um daqueles que fazem parte do acordar, de modo que, por um instante, desconfiei dele e pensei que fingisse dormir, mas quando me inclinei para a frente para observar minuciosamente os detalhes de seu rosto, sua posição permaneceu inalterada. Ele dormia, profundamente.

Naquela noite também achei manchas vermelhas em outros lugares de seu corpo.

— Psoríase? — perguntei.

— Sim.

— Sinal de superindividualistas ambíguos — disse eu.

— Pode ser — concordou ele.

Seu rosto era liso, ele tinha menos rugas do que eu. A velhice se escondera em algum lugar atrás de sua orelha, perto dos lóbulos macios, longe de quem nada tinha a procurar ali.

Procurei por todos os cantos. Eu queria descobrir cada lugar.

Cozinhei um ovo para ele depois que acordou e desejei-lhe feliz Páscoa.

O resto da minha vida tinha começado.

Eu ainda não sabia que Lászlo tinha razão, que eu de fato sou uma daquelas que ficam doentes de amor.

— Quer que lhe conte quando nossa história começou?

— Não, deixe, Marie. Nossa história começa hoje.

— Você não gosta disso, de histórias?

— Gosto sim, mas não quero ser uma personagem na sua história, parte de uma intriga, nó de uma trama. Você não poderá fazer uma história de mim porque ela nunca coincidirá com a realidade.

— Não é essa a finalidade das histórias, estarem de acordo com a realidade.

— Tenho medo de artificialismos.

— Você tem medo da arte, Lucas.

— É um encontro estranho, com você. Você me agrada. Só agora me dou conta de que é a primeira vez que falo com alguém sobre sentido, significado, apesar de isso sempre ter me fascinado. Mas não deixa de ser difícil falar sobre isso. Com você, não há como escapar. Pelo menos, tenho diálogo com você.

— Vemos a coisa de maneira diferente, você e eu.

— Sim, com certeza.

— Você é como Sócrates, nega-se a ser um personagem na história de outra pessoa. Você se nega a receber porque pensa que consegue ser alguém totalmente por conta própria, completamente desligado de outros.

— Sem dúvida.

— Mas talvez seja por isso que você não consegue mais produzir arte, Lucas, apesar de novamente querê-lo muito. Sua dificuldade é tão grande quanto a que tinha Sócrates para pôr sua filosofia no papel. Você procura evitar que as pessoas lhe dêem um significado que não pediu — mas isso não é inevitável? Sentido é uma coisa que você precisa deixar para os outros. Você não pode continuar se atendo a isso e dizer: isso significa eu, Lucas Asbeek, e as coisas que faço significam isso e aquilo, nada mais. Você precisa deixar isso para os outros, ter coragem de ser ausente como artista.

— Mas não quero outra coisa!

— Se O *Artista* estiver certo, é justamente esta a sua incapacidade: fazer coisas que receberão um significado por intermédio dos outros, sem levar você em conta.

— Aquele Simon é um peste. Não sou Simon. É um personagem de Anton. Eu mesmo sou outra pessoa.

— Então por que você não consegue mais fazer arte?

— Ela não traduz a verdade.

— Pessoas são animais ligados a significados. Agruparam-se e por força da necessidade, aos poucos começaram a falar entre si, deram nomes a si mesmos e às coisas, e desde então existe significado, a partir do momento em que foi possível dizer Piet para um e Jan para outro. A verdade de Piet e Jan nem existe, no entanto o aparecimento dos nomes veio acompanhado do desejo por diferenciação, um desejo pela verdade, de que ser Jan ou Piet realmente significasse alguma coisa.

Há muito tempo não somos mais animais e continuamos procurando por significado e razão. Não serve para nada, é uma maldição e ao mesmo tempo é bonito.

— Então o que é que os animais têm?

— Animais têm fome.

— Eu também — e ele agarrou um biscoito. Colocou-o na boca e olhou-me fixamente enquanto mastigava. Ficou olhando e enchendo a boca de biscoitos, um após outro.

As Leis

Em seus olhos brilhava a travessura do desafio e o orgulho da resistência. Pobre Lucas! Falo sem cessar; a cólera do amor é terrorismo.

Não digo nada. Olho.

— Pronto, agora não tenho mais fome. — A travessa estava vazia.

— Tem sim — digo —, agora você tem um estômago horrendamente cheio, mas sua alma continua com fome de objetivo.

Caramba, será que simplesmente não consigo calar a boca uma única vez?

— Ontem à tarde estava na casa daquele meu velho amigo, um escultor. Ele me disse algo que me tocou muito. Disse: você precisa fazê-lo para si, esculpir; o sentido está em fazê-lo. O resto, tudo à volta, é circo, besteira. Não tem nada a ver com o esculpir. Acho que nisso ele tem razão.

— Eu não acho. Comer e beber você pode fazê-lo para si, como também adquirir conhecimento, mas acho que arte não pode ser, pura e simplesmente, uma coisa só para você mesmo. Você não acha que a arte também é uma escolha de como lidar com os outros e, quando dá certo, com o mundo inteiro?

Você pode ter acesso ao mundo por meio de uma coisa, uma imagem, um livro; pode dialogar com o mundo sem precisar estar fisicamente presente. Está presente e ao mesmo tempo não, só existe a coisa e, por intermédio dessa coisa, você coloca sua própria existência em contato com a existência de todos. Precisa ter coragem de se fazer representar por outra coisa que não seja você, algo que, de qualquer maneira, carregue seu nome.

— Isso também soa muito verdadeiro.

— Digamos que realmente seja verdade, Lucas, então significaria que você não consegue mais esculpir porque se nega a relacionar-se com outros. Você não gostava de esculpir? Você realmente se assustou tanto com a fama e com o aplauso?

— Nunca é suficiente.

— O quê?

— O aplauso, esse nunca é suficiente. E pelo fato de não ser suficiente e a insuficiência ser ainda pior do que o próprio aplauso, prefiro não fazer mais, acredito eu. Acho que é isso. Não quero sofrer por causa do desejo de querer mais.

— É como no amor.

— Como assim?

— Também nunca é suficiente.

— Na verdade somos todos artistas. Os mitos sobre os grandes artistas são danosos justamente porque inibem as pessoas e estas são convencidas de que não têm capacidade de fazer determinada coisa. É visto demais como algo fora do comum. As pessoas são desestimuladas pelos mitos da arte e pela glorificação pessoal dos artistas, e me nego a continuar a colaborar com isso.

— Claro que todo mundo é artista, mas nem todo mundo expõe, publica, representa, eis a diferença. Sou de opinião que uma pessoa é artista quando consegue apartar-se com facilidade das coisas que faz. Enquanto você deixar no armário suas poesias tristes, diários reveladores, quadros ou moinhos de palitos de fósforos, você não interage. Você se torna artista quando ultrapassa a fronteira, ultrapassa o limiar em direção ao público. Só então capacita o mundo a dar sentido a algo.

— Mas na verdade não se precisa do mundo.

— Talvez o mundo precise de você.

— Que nada, lá fora não há ninguém esperando por Lucas Asbeek.

— Há sim, Lucas. Eu estou lá fora. Espero por você, querido.

— Às vezes você fala como um oráculo, Marie. Então sinto que diz a verdade e que tem boas intenções a meu respeito, mas não entendo nada.

— Houve muitos homens — diz ele.
— Sempre houve homens, sim — confirmo.
Conto-lhe sobre os homens, até ele dizer que devo parar. Deixa-o doente de ciúmes, diz.
— No seu caso é diferente — digo —, nunca gostei de alguém, nunca fui de ninguém. Sempre foram histórias estranhas e eu era mantida em segredo. E não fiz nada para mudar isso. Estava bem assim. Mas com você é verdadeiro, real.
— Sonhei com isso uma vida inteira, com algo real. A realidade é estonteantemente verdadeira, no entanto, continua muito inalcançável. Sempre tenho a sensação de que ela não é como é, de que algo não confere. A verdade sempre vem acompanhada de alguma coisa que também a enfraquece, que a torna inverídica, de algo mentiroso e falso. Arte também tem isso, realmente é o que é, no entanto, também é outra coisa. Muito difícil.
— Acho que suas esculturas também tratam disso.
— Sim?
— O que você tinha em mente? O que você queria despertar nas pessoas que viam sua obra?
— Em si, algo como senso de realidade, mas esse nem eu mesmo tenho. O estranho é que eu queria que, através das esculturas, elas parassem de olhar para as minhas esculturas e aprendessem a ver o que realmente existe. Não conseguimos nos aperceber da realidade. Olhamos justamente através da linguagem e da arte e não vemos o que existe.

Lucas vinha e Lucas ia. Quando ele partia eu ficava totalmente perdida. Sentia falta dele. Não sabia mais como me satisfazer com meus próprios olhos, ouvidos e boca. Eu não bastava a mim mesma. Todas as vezes ficava desorientada de medo, medo de que ele não voltasse mais.

Mas Lucas sempre voltava. Também para me deixar claro que, realmente, nunca era certo se voltaria nas próximas vezes.

— Gostaria de me alojar dentro de você — digo — como uma ameba ou como uma espécie de doença da qual você acaba gostando com o passar do tempo.

Pergunto a Lucas se união e separação são uma lei do verdadeiro amor.

— Não sei. Talvez eu também nunca tenha sido de alguém, de verdade.

— É uma coreografia cruel, essa do amor. Não gosto dela. Atrair e rejeitar, quem alguma vez prescreveu que isso deva ser assim?

— Talvez também possa ser de outro jeito. Talvez seja por minha causa, porque eu sempre mantenho um pé atrás.

— Por que você não pára com isso de manter um pé atrás?

— Realmente gosto de você — ou deveria dizer...

— Eu sei disso.

— Mas talvez não o bastante.

Primeiro perco o apetite. Emagreço. Fico enjoada quando vejo alimentos expostos nas vitrines ou na feira. É insuportável o pensamento de ter que mastigar algo, ter que triturar algo com meus dentes. Cheiros de comida são repugnantes.

Bebo e fumo. Sinto que estou vazia por dentro e isso me lembra fome, mas é uma fome que pede para não ser satisfeita. A fome precisa me deixar oca, limpar, consumir tudo que ainda está la dentro. Nada de fora deve passar da minha boca para dentro; isso é impensável e desnecessário. Lucas é suficiente.

Não me interessa o que seja. Não devo pensar sobre isso. Não preciso entender a mim mesma. Quero entender Lucas.

Passo a perder bolsas, carteiras com dinheiro, minha caneta, meu Borsalino, livros, roupas.

Tenho orgulho disso. Tenho orgulho de estar perdendo.

Quando ele me acorda o choro simplesmente continua, sem parar. Meu rosto está molhado de lágrimas.

— Você estava chorando enquanto dormia. Chorava como um cão ferido, bem alto. Acordei com isso. O que há, querida?

Não me lembro de nenhum sonho, nenhuma imagem, nada. Estou espantada e triste.

— Não sei.

— Não a faço feliz — diz ele, e me larga abruptamente.

— Faz, sim — digo —, também isso me faz muito feliz, a tristeza. Vem com você, com a felicidade. Quanto à tristeza, você não pode fazer nada. Não vem de você. Ela já estava aqui.

É como se não conseguisse construir um passado com você, Lucas. Já estamos juntos há um ano, mas toda vez que, mesmo por um instante, nos separamos é como se você tivesse anulado o tempo na sua solidão, é como se você tivesse decidido partir porque nada o fez ficar. Então vejo no seu rosto como o abandono se apossou dele novamente. Durante essa curta ausência você novamente se tornou solitário. Dói ver isso nos seus olhos, naquilo que o cerca. Você destrói constantemente nosso passado, os dias que estamos juntos, e diz que está feliz ao meu lado.

— Acho que não sou capaz, Marie, daquilo que você quer. É inacessível demais para mim, absoluto demais. Realmente, toda vez penso que tanto amor de sua parte não poderá durar. Quando saio por essa porta sempre penso que acabou e que não terei mais acesso. Vou perdê-la de qualquer maneira.

— Minha idéia sobre eternidade era outra.

— Você é boa para mim, Marie.

— Você também é bom para mim, Lucas.

— Não, não sou bom para você. Se continuar assim, não sobrará nada de você.

Certa noite ele se levanta, brusco, com movimentos raivosos. Pisa forte até a cozinha. Ouço-o bater em potes e panelas, a manteiga chia na panela. Alguns momentos mais tarde ele coloca resolutamente um prato de comida à minha frente. Verduras e carne.

— Você precisa comer algo — diz.

Não tenho coragem de rejeitar. Como. Arrependida sinto o vazio sumir, sinto como estou sendo preenchida e como perco minha força. Depois disso estou exausta.

— Por favor, nunca mais faça isso — digo mais tarde a Lucas, na cama —, dar-me de comer quando não quero comer. Existem outras maneiras de me mostrar que você gosta de mim.

— Na sua casa mal temos espaço para andar. Você guarda tudo porque pensa que algum dia ainda poderá transformar essas coisas em escultura e que cada livro não lido contém a verdade que poderá mudar decisivamente sua vida. Você empenha o futuro, enquanto o vazio do presente permanece. Vive adiando. Fala sobre significados, mas o dar significado sempre é adiado. Nós nos incluímos nisso.

Você só coleciona possibilidades e todas essas possibilidades que ainda estão por ser realizadas deixam-no inquieto e infeliz. Elas aumentam, são sempre mais coisas e livros. Enquanto você não toca neles eles ficarão por lá, esperando por você, continuando a ser inúteis.

— Você quer me modificar.

— Não, querido, estou satisfeita com você. Quero fazê-lo feliz. A meu ver, é você próprio que quer mudar.

— Sim, ainda continuo querendo mudar. Por que, afinal?

— Porque você não se acha suficientemente bom e deseja ser bom.

O dia em que desmaio pela primeira vez e o sangramento começa coincide com o dia em que Guido de Waeterlinck me telefona e me convida a trabalhar na universidade como filósofa.

A escolha me parece dramática, como se precisasse escolher a vida contra o amor. Tenho um mês para decidir. Sangro e tenho dúvidas durante um mês.

Acordo Lucas no meio da noite, quando o mês passou. Estou com medo.

— Sinto-me perdida — digo para Lucas.

— Até que enfim — diz ele.

7.
O PSIQUIATRA

Segunda-feira, 15 de setembro de 1986 — 14:00 horas

Doutor, eu simulo.

O senhor escuta. Não faz parte da sua profissão escutar, por minhas palavras, alguma coisa que não digo, que omito, queira ou não?

O senhor deduz a verdade através das minhas histórias, a verdade que eu não possuo. No fundo, o senhor é uma espécie de leitor profissional.

É bom mantermos distância um do outro. Se não se importa, gostaria de continuar tratando-o por senhor. Sinta-se à vontade para me tratar pelo meu nome e por você. O senhor precisa ser mais forte do que eu. Estou em perigo.

Apenas para esclarecer, já ouvi falar do senhor. O senhor é o pai de Daniel e foi o psiquiatra de Lucas Asbeek, o homem que eu amava, amo. Lucas foi o final. Desperdicei minha última chance com Lucas. Eu falhei no amor.

Sou uma pessoa impossível. Não há como viver comigo.

Tudo se entrelaça. A relação entre os signos me dá medo. É demais — temas demais, motivos demais, mestres demais, línguas demais, histórias inacabadas, contradições, demais de tudo. Agora está fora do meu alcance. Então por onde devo começar, e no que vai dar? Em nada, confusão na alma.

Não me sinto mais como a organizadora desse acaso. Alguém está brincando comigo, um outro que não sou eu. Ele procura me fazer entender alguma coisa, mas o que, em nome de Deus?

Ele, sim — é um ele. Ele é um tanto quanto divino e sobretudo muitíssimo poderoso, senão não conseguiria fazer uma coisa dessas.

Não sei por onde começar.

Vou começar pelo astrólogo — é assim que o chamo —, pela ordem certa. Ele está morto. Na verdade chamava-se Miel, Miel van Eysden. Caiu numa ravina. Era meu amigo. Posso chamá-lo assim? Sim, era um amigo.

Nos últimos tempos tenho pensado nele com freqüência. Ele gostava de números e astros, naturalmente. Todos os dias via surgir o número 33 em algum lugar, e controlava todo dia em seus livros, por meio de números, por que naquele dia tinha acontecido aquilo que acontecera. Depois disso o mundo fazia sentido e ele podia explicar seu sofrimento. Agora o entendo melhor. Naquela época cheguei a pensar que ele era doido varrido, mas agora também está acontecendo algo parecido na minha cabeça: a descoberta de um monte de mensagens.

Hoje é o dia das Sete Dores da Santa Virgem Maria, além de tudo uma segunda-feira, e o número da sua casa foi o que me empurrou mundo adentro. E continua. E o que significa isso?

Não faço idéia qual livro irá me esclarecer, depois de tudo isso, a razão do meu estado atual. Ao contrário, tenho justamente a sensação de desembocar com mais freqüência dentro dos livros que eu já tinha escrito de próprio punho, aliás, escrevi na minha cabeça. E quero sair. Quero estar fora dos limites desse livro.

Isso também é — e certamente preciso dizê-lo ao senhor — o que me deixa preocupada e me atormenta. É como se minha vida tivesse tudo em comum com a literatura. Parece-se tanto com ela! Até a mínima palavra tem sentido na literatura e tudo está interligado, como na minha vida, agora. E sempre pensei, antes de perder o controle, que eu mesma criava as ligações entre incidentes desconexos, que essa fosse uma maneira de dar beleza e sentido à vida. De que outra maneira se poderia dar sentido a ela?

Só que não sai literatura de mim. Pergunto se realmente é bom que minha vida se pareça com um livro. Nem preciso de uma vida romântica; só preciso escrever um livro. É necessário. Agora. Está na hora.

Às vezes ouve-se falar de escritores que só começaram a escrever um livro depois que passaram por um psiquiatra, mas, por outro lado, às vezes também ouvem-se histórias de pessoas que foram ao psiquiatra quando já estavam escrevendo ou pintando, e depois disso nunca mais puseram uma só letra no papel ou pegaram num pincel. Se esse é o meu caso, doutor, então o senhor deverá deixar minha alma em paz e dizê-lo agora, porque então irei embora. Eu mesma resolvo meus problemas. Cuidarei de mim mesma.

Quero tornar-me uma pessoa, alguém com vida própria, com olhos que vêem através deles mesmos, de seu próprio jeito e não do jeito de outra pessoa. E também gostaria que em mim surgissem palavras inteiramente minhas. Por todos os lados há sujeira dos outros, como uma casca em volta da linguagem, como uma névoa diante dos meus olhos — eles até parecem ser de vidro manchado. Realmente não vejo nada. Está tudo embaralhado, misturo as categorias, homem-mulher, literatura-realidade, verdade-mentira, e não há nada em mim que possa servir de juiz, dizendo para um deles: você não é o que parece ser, e para o outro: você é o certo, você é verdadeiro, você é o que é e escolho você.

Não suporto esse negócio com sentido duplo, todas essas ambigüidades me deixam muito mal.

As Leis

Não estou bem.

Talvez alguma dia tenha sido uma pessoa. Não me lembro mais. Nascemos como pessoas? Já somos alguma coisa, inata, quando estamos deitados lá no berço e ainda não nos confundiram a cabeça com tantas besteiras?

As besteiras. As palavras, idéias e opiniões dos outros, suas leis, sua moral, sua ciência, elas me intoxicaram. Na verdade meu espírito foi estuprado. E simplesmente deixei que acontecesse, invoquei-o... O astrólogo predisse isso. Como é mesmo que ele me chamava? Uma prostituta platônica, acho eu, algo assim.

Eu mesma não sei mais o que é bom e mau. Quero me curar dos pensamentos dos outros, da vida dos outros.

Quero ser boa.

Estou ficando tão cansada de adquirir um caráter!

Sempre pensei que a loucura acometesse alguém. Não é assim. Você a procura, convida-a, você lhe dá permissão e ainda observa ansioso como permite que ela maltrate um pouco você, até onde ela consegue chegar. É um tal de experimentar, uma luta simulada, ver até que ponto você se permite chegar, quão louco você tem coragem de ficar. Mas aquele outro em você, que controla tudo e cuida de você quando necessário, continua presente apesar de enfraquecido.

Eu pensava que ficar louco é perder totalmente o juízo, mas não é verdade. Resta bastante juízo.

Sei perfeitamente bem em que pé estou.

É engano. Penso que a loucura é mais uma das tentativas de descobrir o caminho da verdade. Só que desta vez arrisco a mim mesma.

Tenho uma fome enciclopédica por conhecimento, procurei-o por toda parte, tive muitos mestres. O senhor é mestre em recobrar o sentido disso, de um monólogo desses.

O desagradável em si é que eu mesma não acredito nela

— na verdade da minha história — em sentido definitivo, nem mesmo agora quando o importante é me curar matraqueando, quando espero o impossível do senhor.

Digo ela, sim. A loucura é uma mulher.

O senhor acha que o meu jeito displicente de tratar o gênero das palavras tem algum significado? Isso lhe diz alguma coisa?

Nosso tempo é limitado. Tenho trinta anos, resta-nos somente uma hora e além de tudo o Sol também está tratando de sumir.

Meu Sol está na primeira casa. Isso é uma lei. Tenho obrigação de saber quem sou. Essa é a interpretação da lei. Na minha cabeça há coisas desse tipo e elas não me servem para nada, zero vírgula zero. Sim, incomoda.

Quando eu cair, chorarei de felicidade — isso me ocorria o tempo todo. Beckett. Pode-se desejar a queda, parar de estudar, empacar, parar de se desenvolver. Musil.

Não estou sozinha nem por um segundo.

Há duas semana fui erguida da rua por um estranho. Estava andando de bicicleta, em direção ao Dam[14]. Olhava para as construções ao longo dos canais e ia ficando cada vez mais triste. Foram feitas por pessoas e pessoas morrem, mas aquelas casas permanecem. Fiquei pensando sobre isso e naquele momento vi tudo pelo mesmo prisma, e achei tudo muito trágico. De repente avistei um jovem *punk* numa das pontes. São muito fáceis de reconhecer. Têm cabelo desgrenhado, usam calças terrivelmente apertadas, jaquetas de couro com palavras pintadas nelas, e botas de exército altas e desajeitadas. Ele não tinha mais que catorze anos, com uma máquina fotográfica cara, com teleobjetiva, nas mãos, saltando com ela atrás de um pombo. Queria captar aquele pombo numa ima-

[14] Praça central em Amsterdam. (N. da T.)

gem — e enquanto eu olhava para isso na minha cabeça o *punk* se transformou num símbolo. Era a imagem de algo impossível e dolorido. Porque aquele garoto, no final das contas, vai morrer, o pombo vai morrer e eu própria também, eu, que vejo e penso nisso tudo. Não faz o mínimo sentido fotografar aquele pombo. Não escapamos da morte. A foto, talvez. Simplesmente pedalei de encontro a uma elevação e caí. Lá estava eu no chão e bem que gostaria de permanecer daquele jeito. Um transeunte me ajudou a levantar, um homem, um francês. Ele me amparou e disse com voz muito preocupada: "*Mais petite*". *Mais petite*. Então passei meus braços em torno de seu pescoço e me grudei nele. Disse-lhe algo como me ajude, goste de mim, nunca me deixe, me proteja, me salve. Estou morrendo. A um completo estranho.

Ele não entendeu aquelas palavras, mas foi muito solícito. Percebi que o assustava, além de tudo, e assoei o nariz, agradeci. O incidente com o garoto *punk* me levou a tomar uma decisão. O senhor também é um estranho. Gostaria de falar o mesmo para o senhor.

É uma coisa difícil, pedir ajuda. É bastante estranho; não, deixa pra lá.

Sinto muito estar falando tanta besteira e não conseguir estruturar tudo o que quero lhe contar. Em casa, quando estava sozinha, tudo me parecia tão coerente, certinho, uma história ordenada, com sentido, com início e fim nítidos, algo que lhe servisse!

Quanto tempo ainda nos resta?

Posso começar mais uma vez?

O senhor não fica terrivelmente cansado de me ouvir por tanto tempo?

Às vezes tenho a sensação de ver o mundo com clareza, cada coisa no seu devido lugar, como tudo tem seu tempo certo e sua própria importância, e também como a vida é exclusiva de cada um, pois ela é o cerne de tudo o que acontece em seu decorrer, e se você não tem este cerne, você passa a não ter nada, porque nenhum acontecimento tem significado, não está ligado a nada, é apenas um acontecimento sem valor, um imprestável incidente passageiro que nem precisaria ter acontecido, um fio solto, sem sentido. Só as pessoas com vida própria são capazes de ver a vida real como uma história, capazes de prestar atenção à unidade de sua história, apesar das horríveis diferenças de cada minuto — só essas pessoas podem ser felizes.

Doutor, estou imensamente feliz, mas não consigo mais suportar minha felicidade.

Quero pregar para o mundo, ensinar às pessoas como elas devem prestar atenção àquela linguagem que fica escondida sob os incidentes de suas vidas. Dessa maneira poderão novamente ser pessoas que liberam o mundo de sua estúpida falta de sentido, da presença desnecessária e silenciosa do mundo. Para que serve a vida se você não é capaz disso?

Tenho pena de nós, pessoas. Nietzsche desaprova a compaixão, para Schopenhauer todo amor é compaixão; que se faz com isso, pelo amor de Deus? Afinal, é bom ou mau ter compaixão?

Sinto-me muito sozinha.

Não sei como me fazer entender.

A essência das coisas não existe, doutor, em todo o caso não sem nós. Será o que fizermos dela, nada mais.

Mas então, como fazer em relação às pessoas? Nasce-se com uma essência, como pessoa?

Imagine que acontece com as pessoas o mesmo que acontece com as coisas: as pessoas em si também não são nada, nada mesmo. Pensamento horroroso, portanto talvez verdadeiro. Nesse caso as pessoas são tão dependentes umas das outras como as coisas o são de nós e então poderemos ser apenas o que o outro faz de nós. Assim, só poderemos ter

As Leis

algum significado se outros tiverem a predisposição, o amor, de nos dar um significado em sua história. Portanto, somos personagens na história de outra pessoa por força da necessidade e quanto ao resto, em nossa solidão, não somos nada, somos insignificantes, sem sentido, coisas silenciosas e inúteis. Dependemos da piedade dos outros, de sua obra. Não nos resta nada a fazer.

O amor torna algumas pessoas dóceis e cordatas, não a mim. Fiquei enfurecida e passei ao ataque. Quanto mais lutava, mais amava. Não consigo compreender.

Devoro as pessoas mas também sou devidamente devorada pelos outros. O amor me deu um susto danado.

Não consigo mais distinguir as coisas direito. O senhor precisa me ajudar a ter discernimento de novo e me ensinar a separar o joio do trigo.

Quero dizer o seguinte, se nossa própria vida é a única coisa que faz o viver valer a pena, se é o único instrumento que pode ser usado para dar significado ao viver, e além disso você também acha que sua vida de qualquer maneira está à mercê dos outros e somente eles podem transformá-lo em algo, isso é um pensamento horrível, não é mesmo?

O senhor entende o que quero dizer?

O que estou fazendo aqui? Como cheguei até aqui? Tenho talento para a felicidade, doutor, é isso mesmo, sempre tive, nunca duvidei disso. Sempre me senti rica, presenteada com a capacidade de fazer da vida uma coisa bonita; ela sempre teve beleza, seja como for.

Preciso me afastar das pessoas e ficar dentro de casa para me proteger dos acontecimentos, porque no instante em que ponho os pés fora da porta o mundo avança contra mim como um cão impetuoso e eu não consigo me defender, a coisa mais insignificante me atinge como sendo algo importante, trazendo tristeza ou muita felicidade, enquanto que, na verdade, quero guardá-lo, separar o acontecimento de seu espaço e tempo, libertá-lo, dar-lhe um sentido ao incorporá-lo à minha história.

Li muitos livros. Acontecem coisas demais na minha cabeça.

Às vezes fico exausta de tanto ver. Estou tão feliz que isso é simplesmente insalubre. Acabo comigo mesma.

Isso é normal?

Ainda faz sentido?

O que eu quero dizer, afinal, é que incidentes isolados não existem. Aquilo que é isolado e solitário e não se encaixa em lugar nenhum, não tem significado. Precisamos salvar as coisas e as pessoas constantemente, sempre de novo; libertá-las de sua falta de significado. O problema seguinte é que eu não posso salvar a mim mesma. Apenas eu sou individual, não posso dar sentido a mim mesma. Acho desagradável eu própria ser tão vazia e sem sentido.

Eu queria ajudar Lucas, consolá-lo e ser mediadora entre ele e ele, entre ele e o inimigo dele mesmo, que também está dentro dele. Ele é tão desarrumado e dividido por dentro, dois em um — até isso é pouco. Permite-se muitas dúvidas. Nunca gostaram o suficiente dele. Pensei que ele pudesse se tornar mais verdadeiro se eu o amasse muito, para ter coragem de descer, com os dois pés no chão e depois, obviamente, continuar seu caminho galhardamente a meu lado aqui na terra, de preferência para sempre. Sentia-me como sua noiva.

Ainda devo lhe contar sem falta o seguinte: pela primeira vez na minha vida pensei compreender a natureza da mulher, qual a predestinação da mulher.

Queria dar-lhe um filho.

De repente também entendi aquelas canções no rádio. *You make me feel like a natural woman.* Não mais as achei ridículas, cantava junto em voz alta, tola eu. Apesar disso, naquele momento entendi que as mulheres devem ter filhos e devem tratar de não meter outras coisas na cabeça, porque o resto ou é besteira ou não pertence ao reino das mulheres.

Uma mulher que escreve se situa em terreno masculino. Ela desiste de dar um significado a si mesma através de outra pessoa, e lança mão dos meios do homem, aquela caneta, letras, armas da impotência.

Homens também escrevem livros para seduzir as mulheres, mesmo que isso não passe de imaginação deles; quando uma mulher escreve um livro ela pensa que pode seduzir o homem, mas os homens fogem de mulheres que escrevem. As mulheres não devem se ocupar daquilo em que os homens são bons. Já me enganei sobre isso no passado. Pensei que os meninos gostavam de meninas que fossem como eles, os meninos. Portanto eu era um Winnetou mais agressivo, um soldado mais rígido, mais insensível na luta, mais rude, mais cruel, mais temerário.

Mas os meninos não gostam nada daquilo que se parece com eles. Gostam de meninas de verdade, que se maquilam e dão risadinhas, falam sobre coisas de meninas e fazem tudo aquilo que algum dia me proibi fazer.

Fiz uma bela confusão entre desejar e desejável, e também entre ser e ter. Para ser desejada tornei-me igual àquele que eu desejava possuir. Precisava tanto ser alguém!

Foi para descobrir a verdade dos clichês que estudei durante tanto tempo?

Eu queria ter o Lucas e para tê-lo precisava ser mulher. O amor era mais um subtrair do que um somar. Quebrar, desaprender, romper, perder, principalmente perder muito. Água, carne, gordura, expressões sem sentido, truques, costumes, controle, papel velho, sonhos, perder minha besteira. Ao lado de Lucas eu estava de bem comigo, era leve e simples, era uma simples soma de possibilidades que só precisava ser adicionada a ele. Estava claro: ele era o mais importante na minha vida, estava no topo da hierarquia, acima de tudo e todos, eu sempre sabia qual deveria ser minha escolha. Ele.

Não suporto dúvidas. Não consigo fazer negociatas com o destino, fechar acordos sobre a coisa mais importante que tenho a fazer na vida, barganhar com isso e servir a diversos deuses. É uma coisa ou outra. Preciso escolher. Não é tanto o fato de não estar dividida: eu simplesmente não me permito estar dividida.

Quando estava com ele e vinha-me a vontade de escrever de novo, sentia isso como uma traição e sentia vontade de chorar por Lucas, porque tinha medo de, por um instante, não ter gostado o bastante dele.

Por fim, ele não suportou meu amor. Quem suportaria?

Dizia que isso afetava o ódio por ele mesmo e que não se gostava o bastante para poder gostar de mim.

Desde quando esse conceito maluco nos tem em seu poder? Que imbecil martelou nas cabeças das pessoas que elas precisam gostar primeiro de si antes de poder gostar de outra pessoa? É a lei mais ridícula, a mais boba, a mais cruel, e ela rege o século XX. É um despropósito astucioso. Você precisa gostar de alguém e alguém precisa gostar de você, e ainda por cima você precisa aplicar isso a si mesmo; é impossível. Afinal, quem é que gosta de si mesmo sem ser desejado por outro? Ninguém, não é mesmo? Sim, um punhado de loucos monogâmicos que passaram por nove cursos de afirmação pessoal.

Tenho tanto desejo de auto-esquecimento, de uma coisa na vida à qual possa me dedicar, algo que não seja eu mesma! Superior e melhor.

Sinto muito. Tinha me proposto contar tudo ao senhor sem pudor e com sinceridade, mas é tão impossível contar tudo sem pudor ao senhor quanto não mentir.

As Leis

Acho-me terrivelmente artificial, como se tivesse inventado a mim mesma e me provido de um caráter fictício. Qualquer dia vai aparecer alguém exigindo algo de mim, algo da minha própria pessoa. E aí vai ficar claro que não tenho isso — algo de mim mesma — em estoque.

Segunda-feira, 22 de setembro de 1986 — 14:00 horas

Aos poucos o mundo se tornou tão previsível! Sempre a mesma ladainha. Talvez precise dizer meu mundo — meu mundo se tornou previsível. Gostaria que isso fosse diferente, um encontro por exemplo, mas sempre dá no mesmo e depois de alguns minutos já sei que sempre dará no mesmo. Anseio por acontecimentos imprevisíveis, por momentos dos quais não conheço a intriga de antemão, por encontros com pessoas dos quais não consigo predizer imediatamente como irão transcorrer. A previsibilidade dos outros me deixa fria e indiferente. É como se eu não tivesse experiências. Sinto-me como organizadora e regente até daquilo que surge de modo casual.

Não foi Jung que escreveu em algum lugar que você mesmo é o causador do infortúnio no mundo? Portanto, é algo que na verdade acontece dentro de você, um conflito. E se você não se esforça por perceber que está às voltas com tal conflito — como ele é e o que está em desacordo com o quê — e continua vivendo como se nada estivesse acontecendo, então esse conflito irá se transferir para o mundo externo, adquirindo ali a forma de um infortúnio.

Então, qual é o meu infortúnio?

Infortúnio não são as eternas repetições?

Preciso, pois, me questionar o que é que se repete constantemente na minha vida, o que é que volta sempre da mesma maneira.

182   Connie Palmen

Encontros, homens, acho eu, sempre a mesma história, a não ser com Lucas. Lucas é um outro capítulo.

Os homens fazem as leis. Com as leis eles unem coisas muito distantes entre si, céu e terra, alma e corpo — o senhor os conhece —, os opostos. E então interpretam o mundo, tendo suas leis nas mãos. Incluindo você. Se é isto, então é aquilo. Se você é assim, então é assado. Interpretam-no como um livro. Prestei atenção a eles, às suas histórias sobre o mundo, principalmente sobre mim mesma. Não gostei de nenhum desses homens como gostei de Lucas, e gosto. Também não creio que algum deles tivesse gostado de mim — não de verdade.

Talvez isso também fosse impossível. Eu não estava à procura de amor. Procurava aquelas leis.

Eu estava disponível demais e justamente por isso inalcançável. Um coringa — eis o que eu era — sem lugar fixo, sem forma fixa, podendo preencher qualquer posição. Eles podiam fazer de mim o que quisessem, dama de paus, valete de espadas. Servia de qualquer maneira.

Lucas não fazia isso comigo. Junto a Lucas eu era Marie, dama de paus. Abri o jogo com paus e perdi.

Os homens sabem muito sobre o mundo e pouco sobre si mesmos. Tecem redes inteiras entre coisas divergentes e às vezes não percebem que seu conhecimento é apenas uma maneira de manterem a cabeça acima da água. Eu percebo. Sempre havia outros homens por trás dos homens, e estes eram os homens dos quais tinham aprendido as leis. Eu escutava e comia. Os homens sempre me davam de comer.

Quando terminavam suas histórias eu lhes contava algo sobre eles mesmos, na maioria das vezes sobre seus pecados omitidos, era mais indulgente com eles do que eles próprios se podem permitir. Preciso interceder pelos homens. Alguém precisa perdoá-lo por cometer erros e gafes em todas as tentativas de acertar. Esse alguém só pode ser uma mulher. Afinal, quem é que não pede perdão a uma mulher?

Gosto de homens. Eles são solitários.

Na verdade, todos querem a mesma coisa: tornarem-se santos, divinos. Mas não é dado ao homem ser divino. Uma pessoa é humana e isso já é mais do que difícil. Desde que trouxeram Deus para baixo, dando-lhe um lugar no coração dos seres humanos, tudo foi por água abaixo. O lugar de Deus é em cima, embaixo, em todo lugar, de qualquer maneira do lado de fora do ser humano. Querer ser divino é um empreendimento diabólico. Você pode desejar o divino, lutar por isso e se o fizer direito, tornar-se um pouco santo — nada mais.

Os homens queriam que os ouvisse e os perdoasse. Ficavam satisfeitos com pouco e esse pouco eu mal podia dar-lhes.

O senhor sabe que não quero uma interpretação psicanalítica. O senhor me permitiu calar sobre meu pai verdadeiro, mãe, irmãos. O senhor prometeu não usar determinadas palavras porque sabe que não as considero apropriadas para esclarecer uma história. Não as pronunciaríamos.

O senhor sabe que nos veremos por pouco tempo. Não me demorarei muito com o senhor. Não mais do que o necessário para esta história.

A questão não é entender por que me tornei o que sou. Quando disse ao senhor que simulo, não menti.

Até onde vai minha lembrança, quero tornar-me isso. Na verdade, só tenho recordações a partir do momento em que consegui ler as primeiras palavras. O que aconteceu antes, esqueci completamente. Aprendi a ler, aprendi a lembrar em forma de palavras, e a partir desse momento eu queria ser alguém de onde saem as palavras. Tudo o que fiz depois tem a ver com esse desejo. Queria satisfazê-lo e evitá-lo ao mesmo tempo — muito estranho. Durante sete anos só estudei e me ocupei com a tal pergunta: por quê? Por que quero sê-lo? O que é escrever, literatura? Para que serve?

Não suporto que isso deva ser um destino. Destino não

é algo a ser entendido, ele é o que é. Nunca se pode justificar o destino. Uma escolha, sim.

Secretamente ainda continuo esperando por uma resposta, algo que venha de fora, que me transforme em alguém com a capacidade de fazer tal escolha sem incertezas. Eis a derradeira iniciação. Também espero isso do senhor.

Mas não tem firmeza nem lógica.

Semelhante fato nunca vai acontecer.

O que estou contando para o senhor não é uma história do que vai ser. É mais uma história do deixar de ser, do tornar-se impessoal. Isso é possível? Acho que não suporto ter uma vida exclusiva. Pensar que a maneira de vivenciar experiências e sentimentos é exclusivamente minha — não consigo viver com esse pensamento. Quando vivencio alguma coisa percebo nela algo superior. Se não percebo isso é melhor nem vivenciá-la, pois meu dia não terá sentido. Gosto de ver tudo grande.

A lei é impessoal.

Presumi que as leis vigoram para todos.

Você precisa se aniquilar para poder escrever. Acho que é isso: um modo de viver. Creio que o astrólogo tinha razão ao dizer que eu só posso estar entre as pessoas através de outra coisa que não seja eu mesma, através da minha ausência.

É verdade, eu detesto paradoxos, tenho asco a paradoxos. No entanto, é a única lei na qual realmente esbarro. O paradoxo está na própria lei.

O senhor acha que sou cerebral, abstrata e misteriosa.

Da próxima vez serei mais modesta e lhe contarei uma história ordenada. Tem que ser possível calar aquela voz dentro de mim. O final é um monólogo, mas o único sentido do monólogo é deixá-lo parar por si próprio — tranqüilidade, silêncio, calar.

As Leis

Segunda-feira, 29 de setembro de 1986 — 14:00 horas.

A vida era bem mais simples quando eu ainda acreditava em Deus. Se o senhor assim o quer, continuo acreditando em Deus, mas Ele não é mais o que foi. Deus não suporta ter que significar tudo e ser a grande rima subtituta numa peça onde não se consegue mais rimar as frases. E agora Ele é isso, uma rima subtituta para o que não é possível rimar. Sei que de alguma maneira não posso fazer isso com Ele. Deus também tem seu orgulho.

Deu errado entre nós quando pus as mãos no livro de bolso da série Witte Beertjes, que continha palestras do senhor Jean-Paul Sartre sobre o existencialismo.

Eu tinha quase catorze anos.

O vilarejo onde nasci é bonito e seus habitantes são católicos. Quando se nasce católico não se conhece outra coisa, pelo menos por um tempo.

Não faz mal nenhum ser católico. Tínhamos muitas festas e poucas leis. O padre nos ensinava algumas regras e as aprendíamos de cor. Eram simples e fáceis de lembrar. Não conseguíamos imaginar que elas eram leis válidas apenas para os católicos, porque era bastante claro para nós que a terra logo viraria uma bagunça se o mundo todo deixasse de viver de acordo com elas.

Uma vez que se tem regras na cabeça, não é tão fácil tirá-las de lá.

Eu não achava que elas pudessem fazer mal.

O que seria das pessoas se não houvesse regras?

A procissão do Sacramento era a mais bonita.

As mulheres do vilarejo então iam juntas para os campos, de manhã bem cedo. Traziam cestos de palha. As flores estavam no auge.

Elas ficavam uma ao lado da outra, curvadas para o chão,

conversando animadamente sobre as coisas que as mulheres nos vilarejos sempre falam, e arrancavam as pétalas coloridas dos botões com as mãos nuas. Juntavam nas cestas uma colheita de cores, o azul da centáurea, o vermelho da papoula e o lilás do trevo.

Não dá para arrancar samambaias das hastes com as mãos. Todas as mulheres que estavam incumbidas do verde traziam consigo uma tesoura.

Eu já tinha onze anos quando pude ir junto com as mulheres pela primeira vez. Colher, isso eu sabia, não tinha segredo, mas eu não conseguia acompanhar a conversa delas. Não entendia as coisas sobre as quais as mulheres falavam entre si. Eu entendia melhor a história da ressurreição de Cristo.

Geralmente falavam sobre outras mulheres.

Eu estava excitada e animada com a procissão.

Eu era o anjo da esperança.

Na verdade teria preferido ser o anjo do amor, mas só tinham um vestido verde para meu tamanho.

Nunca cresci muito.

Às dez horas voltávamos ao vilarejo e espalhávamos as pétalas sobre o asfalto. A rua virava um tapete colorido. Na verdade era uma pena que todos fossem pisar em cima, mas naquela época a gente não pensava nisso. O bonito era bom.

Enquanto íamos acenando pelas ruas passávamos pelos homens, que estavam ocupados em colocar as bandeiras brancas e amarelas nas laterais e nas casas, onde as outras mulheres se ocupavam em montar seu altar. Sob uma janela aberta eram colocadas mesas em degraus, cobertas com toalhas muito brancas e engomadas. Os ricos tinham toalhas de damasco, a maioria as tinha de algodão comum com pequenas figuras bordadas a mão.

No altar viam-se castiçais com velas acesas, vasos com flores e estátuas de santos. Aquele que gostava mais de José

As Leis   187

expunha José, e quem preferia Maria, o Coração em Chamas ou São Francisco, expunha-os. Por meio disso conhecia-se melhor as pessoas.

Meu irmão mais velho era coroinha, o mais novo pastorinho e eu fazia parte dos anjos. O mais velho se virava sozinho, podia entrar na sacristia. O mais novo e eu íamos juntos para o convento, onde precisávamos trocar de roupa. Ele, na verdade, já não queria mais participar. Não por causa de Deus. Não gostava de trocar de roupa.

Os pastores ficavam em baixo, junto ao padre. Eu precisava subir a escada, e lá em cima as freiras cuidavam dos anjos.

Lá cheirava a cera e caldo de frango.

Quando eu entrava elas já estavam muito atarefadas com o arcanjo. Este precisava chegar uma hora antes dos anjos normais, porque todo ano se repetia a trabalheira de prender as asas. Uma vez, durante uma procissão, as asas do arcanjo se soltaram e foram parar nos pés de um dos garotinhos. A criança tropeçou nas asas e ficou paralítica para sempre.

Quanto se escuta esse tipo de história por pouco também não se perde a própria fé.

O arcanjo é o mais bonito de todos. Traja um vestido azul-claro e muitos adereços: auréola, asas e fitas às quais as crianças são presas.

Mas para ser arcanjo era preciso ter no mínimo um metro e setenta, e isso eu não tinha.

Um garoto mais velho do vilarejo ia para a escola da cidade e me deu o livrinho. Acrescentou que eu não iria entendê-lo mesmo.

Não se deve dizer uma coisa dessas a mim.

Li-o à noite, na cama. De alguma maneira suspeitava de uma ligação entre o incompreensível e o proibido. Com razão.

Não sei se naquele momento eu ainda acreditava em Deus. Só sei que depois disso me esforcei para não acreditar mais.

O que eu entendi foi isto: Deus não existe e por isso você mesmo tem que fazer uma escolha e ser responsável por ela.

Achei muito ousado da parte do Sr. Sartre simplesmente escrever que Ele não existe.

Nunca se sabe.

Naquele ano não apareci mais como anjo da esperança. Eu era uma existencialista.

Conhecia o trajeto da procissão. Tinha escolhido ficar aos pés das enormes escadarias. O caminho naquele lugar é em declive e as escadas levam até a igreja, em cima do monte Odília. Dali eu podia ver a procissão ao longe e naquele mesmo lugar me preparar cuidadosamente para o ato.

Já foi diferente.

Houve época em que eu passava manhãs inteiras dentro e em volta da igreja. Assitia a todas as missas e depois cuidava dos túmulos abandonados no cemitério. Em casa se preocupavam com o meu excesso de fervor e tentavam de todas as maneiras distrair minha atenção para me manter longe da igreja.

Portanto eu ia com mais freqüência e me demorava mais.

O padre também oferecia a devida resistência. Ele sempre puxava meu cabelo quando passava por mim na escada. "Oi, branquinha", dizia entre dentes, porque meu cabelo era branco.

A partir do momento em que lhe perguntei se poderia ser coroinha e depois padre, como ele, tive a impressão de que me cumprimentava de maneira mais rude. Às vezes doía.

O padre não tinha muita simpatia por meninas, acho eu.

Assim, todos os dias, eu me sentava de tal maneira que ele pudesse me ver do altar.

Isso exigia certo sacrifício.

Ao longe ouvia-se o som melodioso dos instrumentos e depois a reza rítmica dos homens e das mulheres. Um deles rezava antes, em voz alta, e o resto acompanhava. O som me alcançou em ondas. De repente me senti triste...

Perguntei a Ele o que afinal estava acontecendo comigo, também pedi forças para poder realizar o ato. Depois preferi apagar aqueles pensamentos porque eu também entendia que não era certo um existencialista ainda continuar a perturbá-Lo.

O cortejo se aproximava. O padre caminhava na frente com o ostensório erguido. A coroa com raios de ouro captava a luz clara do sol da manhã e a refletia, brilhando em todas as direções. Atrás vinham os acólitos com o andor e sobre ele a imagem de Santa Odília. Ela é nossa padroeira. Ela recupera a visão dos cegos.

O som das rezas do povo foi ficando cada vez mais forte. Pessoas à minha direita e esquerda começaram a se ajoelhar e curvar a cabeça.

Esse é o costume.

Minha primeira concessão foi cruzar as mãos, muito de leve, sobre a barriga. Procurei me lembrar de algumas frases do livrinho, mas a única coisa que surgia eram palavras soltas. Ser, liberdade, solidão, escolha, responsabilidade, atos.

O ostensório brilhava a uma distância de uns dez metros e o cortejo seguiu adiante. Todos à volta estavam ajoelhados e eu era a única que ainda me mantinha de pé. Talvez ninguém perceba, pensei. Sou tão pequena!

Ainda consegui reconhecer o rosto bonito do meu avô, bem atrás do andor, antes de fazer a segunda concessão e fechar os olhos. Ele era dos mais velhos do vilarejo e segurava um bastão onde balançava uma lanterna acesa. Já chegara à idade de poder estar na primeira fila de iluminados.

Gostaria de tê-lo poupado do negócio, acredite.

Eu estava de pé, devota mas aprumada, no meio das pessoas ajoelhadas, esperando que terminasse, até que o som murmurante enfraquecesse e a cadência das rezas subisse o morro, longe de mim.

Durou uma eternidade.

De repente o som passou, na minha frente. Abri os olhos e dei de frente com o rosto do padre, contorcido de raiva. Ele se virou totalmente para o meu lado e ergueu o ostensório para o alto, acima da minha cabeça.

— Ajoelhe-se — grunhiu —, ajoelhe perante o Santíssimo, branca!

Não me ajoelhei lentamente, caí de joelhos.

Queria rezar para pedir perdão, acho eu, mas não sabia mais quem deveria me perdoar — se Deus, meu avô ou o Sr. Sartre.

Segunda-feira, 6 de outubro de 1986 — 14:00 horas

Daqui a pouco vou embora. Não tenho mais nada a dizer ao senhor. Despeço-me do senhor, foi bom. Satisfiz seu pedido e pus a história no papel. Naquele momento fui imensamente feliz, a primeira vez desde muito tempo. Então deve ser isso; que seja.

Não foi tanto sua análise que me levou a uma decisão, porque não sei se concordo ou não com suas interpretações, mas foi principalmente o milagre de o senhor ter conseguido dar sentido a ela, à própria história.

É sua, assinei-a e deixo-a aqui. Eu mesma tenho uma cópia.

Só não consegui dar um título à história. Na verdade um título jamais poderá abarcar o conteúdo.

Amsterdam, junho de 1990

ESTE LIVRO FOI COMPOSTO EM SABON PELA
BRACHER & MALTA, COM FOTOLITOS DO
BUREAU 34 E IMPRESSO PELA PROL EDITORA
GRÁFICA EM PAPEL PÓLEN 80 G/M² DA CIA.
SUZANO DE PAPEL E CELULOSE PARA A
EDITORA 34, EM SETEMBRO DE 1997.